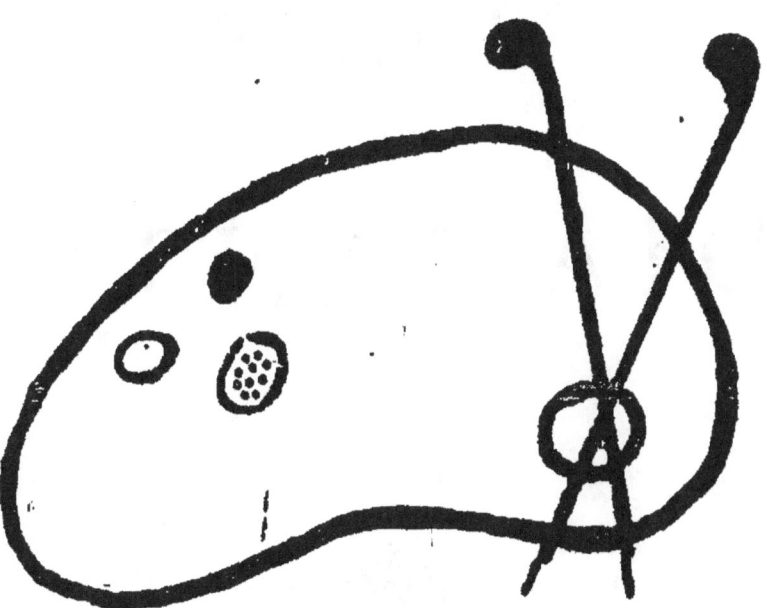

Couvertures supérieure et inférieure
en .couleur

LÉON DE TINSEAU

STRASS

ET

DIAMANTS

PARIS
CALMANN LÉVY, ÉDITEUR
RUE AUBER, 3, ET BOULEVARD DES ITALIENS, 15
A LA LIBRAIRIE NOUVELLE

1890

DERNIÈRES PUBLICATIONS

Format grand in-18, à 3 fr. 50 le volume

Paris. — Imprimerie J. CATHY, 3, rue Auber, Paris.

STRASS ET DIAMANTS

CALMANN LÉVY, ÉDITEUR

DU MÊME AUTEUR

Format grand in-18

PARIS. — IMPRIMERIE CHAIX, 20, RUE BERGÈRE. — 0168-3-00

STRASS

ET

DIAMANTS

PAR

LÉON DE TINSEAU

PARIS

CALMANN LÉVY, ÉDITEUR

ANCIENNE MAISON MICHEL LÉVY FRÈRES

3, RUE AUBER, 3

—

1890

Droits de reproduction et de traduction réservés.

STRASS ET DIAMANTS

STRASS ET DIAMANTS

I

Le *Guide Joanne* est un beau livre, encore
qu'il manque un peu de suite. A cela près,
il enseigne mainte chose qu'on n'a plus
guère le temps d'apprendre ailleurs : l'histoire, la géographie, l'architecture, l'économie politique, la théologie, la navigation,
sans compter l'art d'éviter les ampoules.
Non seulement il vous guide à travers les
sites entrevus par la portière du sleeping-
car, mais encore il vous décrit ceux qui
vous échappent : ce sont, hélas ! les plus
intéressants et les plus nombreux.

Sans cet utile compagnon, le voyageur
plongé dans la nuit d'un tunnel, sous le
dernier contrefort des monts Cantal, ne se
douterait guère qu'il a sur la tête un paysage merveilleux et les ruines historiques
du château de Vitrac. Il se douterait encore
moins qu'Enguerrand de Vitrac accompagna
Raymond de Toulouse en Terre Sainte et
qu'on trouve dans cette maison : un grand
maître de Rhodes sous Charles VI, un pape
au xve siècle, un amiral qui se fit Turc un
peu plus tard, un gouverneur d'Auvergne
pour Sa Majesté Louis XIII, une abbesse
de Chelles, une dame d'honneur qui pro-
cura quelques nuits d'insomnie à madame
de Montespan, sans parler d'illustrations
moins éclatantes.

Dans une des précédentes éditions, la no-
tice que je résume se terminait par ces mots
effacés depuis : *Famille éteinte.* C'était une
erreur, largement compensée, il faut le
reconnaître. Car des centaines de familles
roulent aujourd'hui leurs armoiries dans
les rues et leurs titres dans les salons, bien

qu'elles soient aussi éteintes que le plus
froid des volcans d'Auvergne.

Les Vitrac existaient encore en 1875,
mais si peu, qu'il faut excuser le *Guide
Joanne*.

On les trouvait alors, non plus à la Cour,
— ce qui n'est pas entièrement leur faute,
— mais derrière un grillage, en la personne
d'un grand jeune homme pâle, très beau,
encore plus timide, ayant cet air détaché de
tout, particulier aux êtres qui n'ont rien
et s'attendent à vieillir sans se voir plus
riches, par indolence ou par vertu, souvent
par tous les deux.

Ce jeune homme était René de Vitrac,
le dernier de sa maison, aussi seul au monde
que s'il eût été un enfant trouvé, et moins
favorisé sous certains rapports. Il disait
avec une amertume un peu trop résignée :

— Au moins, si je sortais de l'hospice,
aurais-je quelque chance de me découvrir
des parents millionnaires !

Il s'en fallait d'un million que les siens
l'eussent été jamais. Toutefois c'est un tort

qu'il n'aurait pu leur reprocher, même
s'il en avait eu envie, car il les avait perdus
dans sa première enfance, et le dernier
descendant d'une race presque princière
entrait dans la vie sous de tels auspices que
les âmes charitables disaient en le voyant :

— Pauvre petit ! Si Dieu voulait le prendre, ce serait une grande bénédiction.

D'autres que les Vitrac ont passé par là,
dans notre beau pays de France. Le temps
fait de la besogne, surtout quand il est aidé
par la guillotine et quelques bonnes lois
sur les biens des proscrits, appliquées avec
intelligence. Pour peu que la fatalité s'en
mêle, qu'un intendant fasse fortune trop
vite, qu'un oncle ne meure pas assez tôt,
qu'un banquier se sente l'humeur voyageuse
et qu'un jeune marquis s'avise d'adorer le
sexe charmant, l'utilité du *Guide Joanne*
apparaît dans toute son étendue. Il reste
une ruine, avec ces mots : *Excursion recommandée*. Mais qui songe à faire l'excursion ?
Pas même l'intéressé : tel était le cas de
René de Vitrac.

De sa troisième à sa douzième année, un vieux curé qui buvait de l'eau et portait un cilice lui prêcha le néant des grandeurs humaines, ce qui était prêcher un converti. Ensuite, le saint homme étant allé recevoir là-haut le prix de ses vertus, notre jeune ascète fut mis dans un lycée dont le régime alimentaire lui parut une orgie à côté de celui qu'il quittait. Il entendit moins parler de Dieu et servit moins souvent la messe, mais, par contre, jusqu'à sa dix-huitième année, on lui démontra par A+B que les nobles en général, et les Vitrac en particulier, n'avaient pas volé certains désagréments survenus vers la fin du dernier siècle. On ne lui laissa même point ignorer que, si la France était encore debout malgré leurs dents, il fallait qu'elle eût la vie dure.

Le pauvre Vitrac sortit de là tout désorienté, l'esprit confondu, le cœur vidé de toute tradition et de tout orgueil, en un mot, dans l'état de faiblesse, quant au moral, où se trouve un corps humain qui a passé par la purgation, puis par la saignée.

Il se demandait avec terreur, non seulement
ce qu'il allait manger, mais encore s'il pourrait être bon à quelque chose pour son pays,
lorsque les Prussiens, par la voix de leurs
canons, lui fournirent la double réçonse
qu'il cherchait. Il se battit fort convenable-
ment, mais sans pouvoir se défaire de sa
déplorable timidité. Quand on lui criait, au
milieu d'un engagement à l'arme blanche :
« Bravo, Vitrac ! » ou bien « Prenez donc
garde, vous allez vous faire tuer ! » il rougissait jusqu'au blanc des yeux, comme une
servante arrivée de la campagne le matin,
qui fait de la casse sur une étagère.

Un jour, pendant une charge, son colonel
commit l'imprudence de lui dire :

— Vitrac, mon garçon, vous viendrez me
trouver ce soir, avant mon rapport.

Il perdit si bien la tête qu'il se trouva
tout à coup, Dieu sait comment, seul au
milieu de gens qu'il ne connaissait pas et
qui finirent par le prendre, son cheval étant
mort et son sabre cassé vers la poignée

Il perdit du coup ses galons de brigadier,

mais il gagna une échancrure profonde à l'épaule dont il fut soigné en Allemagne, c'est-à-dire à l'allemande. Aussi, quand il revint en France, on le mit à la réforme, ce qui revenait à le mettre à la diète, vu son esprit d'intrigue et ses dispositions naturelles pour le métier de solliciteur.

Fort heureusement, un capitaine, qu'il avait connu à l'hôpital prussien, sollicita pour lui et le fit entrer aux « Finances », car s'il ne pouvait plus tenir une arme, il pouvait encore tenir une plume, Dieu merci !

Bientôt ce casseur de sabres se révéla comme le modèle des ronds de cuir, et tel fut le bonheur de son avancement rapide qu'il arriva, en cinq ans, au bureau des transferts de la Bourse, avec deux cent cinquante francs par mois et l'estime de ses chefs.

On ne lui laissa point ignorer, d'ailleurs, qu'il était là pour longtemps ; mais il avait été si peu gâté par le sort qu'il était loin d'estimer qu'on dût le plaindre. Il était maître chez lui, dans son bureau où le sous-

1.

chef n'entrait pas deux fois par semaine.
Et il avait lui-même un inférieur, simple
expéditionnaire, dont l'origine valait l'intelligence et dont les saillies continuelles auraient abruti un Descartes ou un Newton.

La pièce où ces deux forçats de l'admi-
nistration passaient leur vie était une sorte
de soupente, prise dans l'épaisseur de l'en-
tablement de la Bourse, à la façon de ces
caches mystérieuses dissimulées autrefois
dans les recoins des berlines de poste. Le
plafond, peu élevé, paraissait plus bas encore quand on quittait l'immensité des autres
parties du palais, tellement qu'on n'y pénétrait pas, surtout pour la première fois,
sans rentrer d'instinct la tête dans les
épaules. Chaque jour, le matin et l'après-
midi, Larceveau, le second employé, répétait
la même pantomime plaisante qui consistait
à regagner sa place, courbé en deux, comme
s'il avait marché dans le boyau d'une mine.

D'ailleurs le vrai public ne fréquentait
guère ce réduit où l'on voyait seulement les
garçons des agents de change, venant appor-

ter ou reprendre les titres de rente au porteur passés en d'autres mains. Le dernier
des Vitrac y séjournait huit heures par jour
en été, saison pendant laquelle le gaz devenait inutile vers midi, sauf en cas de pluie.
Mais, en hiver, il s'y tenait fort avant dans
la soirée à cause du brasier, généreusement
entretenu par Larceveau. Une fois même,
il y passa toute la nuit, sans dîner, le courage lui manquant pour gagner son bouillon Duval, puis sa chambre des Batignolles,
à pied, jusqu'à la cheville dans la neige
fondante. Il aurait sans doute recommencé,
tant il fut ravi de cette idée ingénieuse. Malheureusement un gardien le découvrit, le
dénonça, et Vitrac dut prouver devant le
chef du personnel que son but n'était pas
de s'enfuir avec la caisse, toujours garnie de
deux ou trois millions de titres.

Le paysage qu'il avait sous les yeux,
quand il les levait de son papier, consistait
dans un des chapiteaux de la colonnade;
encore ne pouvait-il en embrasser qu'une
partie, vu les dimensions de la fenêtre et

le rapprochement de l'objet. Le panorama
était restreint pour un homme qui aurait
dû vivre dans un château d'où l'on décou-
vrait à l'œil nu les clochers de dix-neuf
villages ; mais, heureusement, ce détail était
ignoré de lui. Au bout d'un an, il connaissait son chapiteau comme le laboureur connaît le ciel. Il disait à Larceveau :

— Nous aurons la pluie demain, le chapiteau suinte.

Ou bien :

— J'ai rarement vu l'atmosphère aussi
pure que ce matin. J'aurais compté les brins
de paille du nid d'hirondelles.

De son côté Larceveau, quand le temps
était clair, sortait une jumelle de marine
de son tiroir, et la braquait longuement sur
les feuilles d'acanthe en se pâmant d'admiration. Cette facétie, à chaque instant répé-
tée, lui semblait extrêmement spirituelle.

Quant à Vitrac, un dernier trait peindra
l'anémie progressive de son intelligence : il
commençait à rire des mots de Larceveau !
Ce bohème, d'ailleurs, était le seul être

humain qui pût lui fournir quelque prétexte à rire. Vitrac ne possédait pas un
ami, et seulement une amie, toute plato-
nique, dans la personne d'une jeune femme
qui le servait chaque soir au « bouillon ».
Mais celle-là ne le faisait pas rire; elle
l'intimidait un peu avec son air doux et
ses grands yeux honnêtes où flottait l'éternel
Qui sait? du regard de certaines blondes.
A force d'échanger une phrase entre chaque
plat, ce qui faisait deux par jour, il sut
bientôt qu'elle était mariée et fort attachée
à son époux et à ses devoirs. Il la traitait
constamment avec cette grande politesse
qu'il avait conservée du bon vieux temps
— comme son château — sans se douter qu'il
l'avait encore. Jamais il ne lui avait demandé le nom de son mari, mais il s'était
arrangé pour qu'elle sût le sien. Il dînait
de meilleur appétit quand une bouche humaine avait prononcé les deux syllabes qui
lui faisaient un *moi* :

— Le consommé nature, monsieur de
Vitrac, ou avec des pâtes?

Si vous saviez à quoi peut conduire le parfait isolement, quand il écrase de son poids maudit une âme faible! Tel vous étonne par la bassesse de ses goûts, tel se dégrade à vos yeux par son cynisme. Vous croyez qu'ils se ruent vers le vice abject? Point : ce qu'ils cherchent, c'est de s'entendre appeler par leur nom, à certaines heures...

II

Bien des mois après son arrivée aux transferts, Vitrac eut une grande surprise en voyant un jour la partie supérieure d'une femme élégante remplir — fort agréablement — le cadre de son guichet. De son côté, la dame éprouva quelque étonnement de voir un homme jeune et très beau derrière les mailles de fil de fer. Depuis six mois que la défense de ses intérêts l'obligeait à se promener devant des cages du même genre, elle n'était guère habituée à y voir chanter de pareils oiseaux.

Les affaires de madame Rose Lepiez, née Courteplisse, autrefois plus connue sous un pseudonyme de théâtre, consistaient dans un héritage de six cent mille francs qu'elle venait de faire et qui lui avait donné bien du mal. Certains neveux de province, surtout quand ils sont dans la gêne et chargés d'enfants, ne comprennent pas quelle influence l'amour de l'art et l'admiration pour la beauté peuvent exercer sur le testament d'un oncle célibataire.

Aussi Rose avait dû prouver devant la justice que le testateur, de son vivant baron Sabart, était sain de corps, libre d'esprit et dégagé de toute captation, quand il avait laissé son bien à la grande artiste sans laquelle, dix ou douze ans plus tôt, il n'y avait pas de bonne féerie. La chose, au dire de certaines gens, n'aurait pas été toute seule si les Sabart, collatéraux et point barons, mais simples petits bourgeois d'Angoulême, avaient eu de quoi payer leur avocat. Les malheureux étendaient la lessive dans leur salon, n'ayant pas de quoi payer

leur blanchisseuse. Au moment psycholo-
gique, un gâteau de cent mille francs, jeté
à propos, vint leur fermer la bouche et leur
remplir l'estomac. Rose Lepiez, victorieuse,
coucha sur les positions de l'ennemi, ce
qui, d'ailleurs, n'était pas son premier fait
d'armes du même genre.

De cette lutte relativement courte, mais
acharnée, elle rapportait une défiance que
je veux croire injuste contre les gens d'affaires, et une connaissance approfondie de
la politesse des bureaucrates. Cependant sa
défiance l'emportait encore sur son antipa-
thie. Aussi employait-elle à surveiller en
personne ses affaires les heures autrefois
remplies par le dévouement et le culte de
la vieillesse. Il s'agissait ce jour-là de faire
inscrire à son nom un titre de quinze mille
francs de rente française, le plus beau fleuron de sa nouvelle couronne. Après avoir
contrôlé successivement son notaire par son
avoué et son avoué par son agent de change,
elle contrôlait celui-ci par le bureau des
transferts, c'est-à-dire par Vitrac.

Si la bonne mine du jeune homme l'impressionna favorablement, elle fut absolument confondue par sa distinction et sa politesse. Le ciel me préserve de dire que Sabart n'était pas distingué. Il l'était autant que peut l'être un gentilhomme qui compte deux quartiers de noblesse (car il n'avait pas dix-sept ans que les Sabart étaient déjà nobles, de par Louis-Philippe). Quant à sa politesse, il est permis d'en juger par son testament. D'ailleurs Rose Lepiez ne s'en était pas tenue au seul Sabart en matière de relations avec l'aristocratie. Elle avait reçu, en fait de procédés, tout ce qu'une femme comme elle peut recevoir d'hommes supérieurs par l'éducation, depuis les coups de chapeau jusqu'aux coups de cravache. Mais Vitrac lui fit goûter pour la première fois — elle avouait trente-deux ans ! — les délices d'un salut pour grandes dames. Le malheureux n'en avait pas d'autres dans son répertoire, et il ne les plaçait pas souvent.

Ce galant bureaucrate offrit son fauteuil,

après en avoir retourné le coussin d'un geste qui sentait l'ancienne cour d'une lieue. Lui-même se tint debout, par respect d'abord, et aussi parce qu'il n'osait usurper l'unique chaise restée libre, celle de Larceveau qui n'était pas rentré, mais pouvait survenir d'un instant à l'autre. Alors, en face du chapiteau harmonieusement doré par le soleil couchant, le marquis et la comédienne causèrent, mais autrement, il faut l'avouer, que ne causent d'habitude les marquis et les comédiennes. Tous deux étaient intimidés, l'une parce qu'elle en savait trop, l'autre parce qu'il n'en savait pas assez; toutefois, ce ne fut pas Vitrac qui se rassura le premier, quoique ce fût lui qui causât le plus.

Rose trouva moyen de mettre un quart d'heure pour obtenir des renseignements qui demandaient bien trois minutes. Quand l'audience fut terminée :

— Monsieur, dit-elle, grâce à vous, je connais mon affaire sur le bout du doigt. C'est pain bénit qu'embrouiller une pauvre

femme seule au monde, et plus d'un ne s'en
est pas fait faute avec moi. Je voudrais que
l'on me dise pour quelle raison je vous
écoute comme un frère, les yeux fermés,
moi qui suis si défiante !

— Madame, répondit Vitrac, je n'ai jamais trompé personne. Seulement...

Il se tut comme saisi par l'énormité de
ce qu'il allait dire ; mais Rose n'aime point
qu'on s'arrête à moitié route.

— Seulement ? insista-t-elle.

— Seulement, si c'est là votre façon de
fermer les yeux, je voudrais bien les voir
quand ils s'ouvrent.

Voici un exemple de ce que les roman-
ciers nomment l'atavisme. Vitrac madriga-
lisait comme d'autres volent, sans avoir
jamais appris. Quelque grand-père coureur
de ruelles, sans doute.

Bien lui en prit de s'adresser à une femme
qui avait de la tenue, c'est-à-dire un hôtel
et des rentes. Quelques années plus tôt,
Dieu sait ce qui serait arrivé. Rose perdait
la tête pour un compliment bien tourné,

quand le complimenteur était tourné comme
Vitrac. Mais elle songea qu'une femme ne
doit pas laisser voir tout ce qu'elle pense,
lorsqu'une voiture et deux chevaux l'attendent dans la rue. Elle se leva, toujours
gracieuse, avec l'indulgence digne d'une
grande dame qui veut bien être sourde à
ses heures. Toutefois on pouvait juger qu'elle
n'était point offensée, car elle demanda :

— Si j'avais encore besoin de vous pour
ces malheureux titres, à quelle adresse fau-
drait-il vous écrire?

Le jeune homme griffonna *René de Vitrac*,
tout court, *Palais de la Bourse*, et remit le
tout à Rose. Elle déchiffra le nom, dévisagea
de nouveau le jeune commis, plia la note et
la mit dans son corsage. Toujours l'atavisme! Tenez pour certain qu'il y avait eu
quelque soubrette chez les Courteplisse.

Elle sortit, reconduite jusque sur le palier dont elle balayait la poussière avec les
dentelles noires de sa toilette demi-deuil.
Une heure après, Larceveau rentrait de son
absence; mais, pendant cette heure-là, je

ne me charge pas de dire lequel avait été
le plus absent, de Larceveau ou de Vitrac.

Celui-ci fut sur le point de raconter à son
camarade l'honneur inaccoutumé qu'avait
reçu le bureau. Il n'en fit rien, sachant par
expérience quelles plaisanteries il allait entendre. Les calembours de Larceveau, passe
encore! Mais sa façon de parler des femmes,
Vitrac ne parvenait point à s'y faire. D'ailleurs il aurait fallu confesser que l'inconnue
n'avait point dit son nom, et cette réserve,
tout en faveur de la visiteuse, diminuait un
peu l'intérêt de la visite. Enfin ce jeune
rêveur — car il le devint tout à coup — dési-
rait d'instinct garder son secret, tout maigre
qu'il pût être. Il rêva d'abord sans bien
savoir à quoi, puis, le soir au « bouillon »,
son amie au bonnet de tulle ayant remar-
qué sa mine préoccupée, il se persuada
qu'il était amoureux et que *le coup de foudre*
comptait une victime de plus. De fait il ne
dormit guère et passa la nuit à évoquer le
souvenir de chacune de ces quinze minutes
qui ne ressemblaient — du moins c'était

son opinion — à aucune des autres minutes
de sa vie.

Toutefois quand il pensait à la dame aux
titres, ce n'était pas sa bouche qu'il voyait,
un peu grande, avec des lèvres très rouges
qui savaient, à cette heure, cacher les perles
de l'écrin comme jadis elles savaient les
découvrir. Il ne voyait même pas ces yeux
qu'il avait loués, noirs, hardis, travaillés
selon les règles de l'art, un peu durs à
cause du contraste des cheveux jaunes... il
les voyait, ceux-là. Quelle rare nuance ! Il
voyait le chapeau qui les couvrait, un rien ;
mais on apprend plus vite à tirer de son
bloc une femme de marbre qu'à coiffer de
ces riens une femme vivante. Il voyait le
satin du corsage, le velours du manteau,
les dentelles de la jupe, le vernis surnaturel
du soulier, l'éclair rosé de la soie tendue
sur la cheville.

Au fond, ce qui le charmait dans cette
inconnue, c'était son luxe et non pas sa
personne, car il coudoyait chaque matin des
légions de grisettes plus belles, plus jeunes

et non moins bienveillantes. Mais ces sœurs
en pauvreté lui rappelaient trop ce dont il
souffrait lui-même, les unes par leur ver-
tueuse misère, les autres par leur élégance
de pacotille. Rose, au contraire, lui rendait
ce luxe qui avait entouré pendant des siècles
la race dont il était sorti. C'était comme
une vague et imparfaite vision de la patrie
perdue, et ce qu'il prenait pour le trouble
rêveur d'un amoureux n'était que la nos-
talgie d'un exilé.

En très peu de jours il se sentit moins
de courage et d'élasticité dans l'âme. Sa
pauvreté pesa plus lourdement sur son
épaule et, pour la première fois, il s'en ré-
volta comme d'une injustice. Les misérables
distractions de sa vie lui semblèrent des
ironies poignantes. L'intérêt de son amie du
« bouillon » lui apparut comme le comble
du ridicule, partagé d'ailleurs avec une
vingtaine de compagnons d'empoisonnement.

Enfin les calembours de Larceveau devinrent pour ses nerfs le type de la bêtise
humaine.

Le premier pas étant fait dans la voie du découragement, il en vint à se dire que la vie était un bien fort discutable, si elle devait se passer pour lui, comme tout portait à le croire, en face d'un chapiteau corinthien, à dix-huit mètres au-dessus du niveau de l'asphalte... Qu'aurait-il dit, le malheureux, s'il avait su quels gages touchait le cocher de Rose !

Vous jugez bien qu'il s'était demandé cent fois qui pouvait être la radieuse inconnue dont l'apparition avait troublé son humble repos. Mais pour décider cette question, les termes de comparaison lui manquaient. Mettez un diamant dans les mains d'un charbonnier des Ardennes, et faites-lui juger si cet objet brillant vient du Brésil ou du Cap... ou d'une fabrique de strass. L'expérience de Vitrac allait bien jusqu'à savoir qu'il existe deux catégories d'élégantes, généralement faciles à confondre. Mais il n'était jamais entré ni dans un salon ni dans un boudoir, et cela pour plusieurs raisons, dont une telle-

ment bonne qu'il est superflu de chercher
les autres.

Toutefois il se doutait bien, par une
vague intuition, que la dame aux titres n'appartenait pas au meilleur monde ; mais il
était à cent lieues de soupçonner qu'elle
appartînt au plus mauvais. Durant sa visite
elle n'avait parlé que de testament et de
contrat de mariage. Ne sont-ce point là deux
brevets de régularité, sinon de vertu ? Vitrac
fit l'impossible — pendant tout un dimanche
— pour retrouver son inconnue ; puis il y
renonça, moitié par fatigue, moitié par pa-
resse. Il faut dire qu'il n'était pas bien sûr
de ne pas l'avoir rencontrée au Bois, où il
avait vu le retour des courses, car il avait
éprouvé une douzaine de chocs en apercevant une douzaine de chapeaux, une douzaine de paires d'yeux noirs et une douzaine
de tignasses jaunes qui lui rappelaient à s'y
tromper l'image bien-aimée. Il revint à
Paris non seulement avec une terrible migraine, mais aussi avec une indigestion —
morale s'entend. Vous est-il arrivé, dans un

âge tendre, d'avaler beaucoup de parts du gâteau des Rois, dans un espoir ambitieux mais non réalisé? Le malheureux Vitrac, lui aussi, s'était bourré. Et il n'était pas sûr de n'avoir point avalé la fève !

III

Rose Lepiez songeait encore à son jeune
admirateur quand elle rentra chez elle,
c'est-à-dire chez Sabart, bien que le domi-
cile mortuaire fût au bout du monde, à
Passy, rue de la Faisanderie. On doit même
ajouter à l'honneur de Vitrac qu'elle était
alors déterminée à faire « une bêtise ».
Heureusement certaine visite qui l'attendait
l'empêcha d'écrire la lettre composée en
route. Dieu sait ce que Vitrac serait aujour-
d'hui si ces vingt lignes avaient été mises
à la poste. Le soir, en se couchant, elle

était revenue tout entière à des idées sé-
rieuses qui la hantaient depuis que ses
affaires prenaient définitivement bonne
tournure. Ces idées se résument en quelques mots : elle voulait qu'on l'appelât
Madame la comtesse — et l'être effective-
ment.

En femme prudente elle avait gardé pour
elle ces flatteuses dispositions à l'égard de
l'aristocratie, car elle voulait faire son choix
à tête reposée et non pas, comme telles de
ses amies, acheter chat en poche. Elle entendait que le chat fût de ceux qui croquent
les souris, non seulement les fortunes, et,
pour bien des raisons, il n'y avait point
péril en la demeure.

Elle en était là quand sa visite au bureau
des transferts l'avait mise à deux doigts de
sa perte. Le lendemain de ce fameux jour,
la cameriste de la future comtesse trouva,
sur le tapis, un papier qui était tombé là,
quelques heures plus tôt, d'ailleurs que de
la lune. Elle le déplia, le repassa sur son
genou, en prit lecture comme il convenait,

2.

et le rangea soigneusement quand elle vit
que c'était une adresse.

« Pour que madame prenne le nom, la
rue et le numéro d'un monsieur, pensa-
t-elle, il faut que madame ait de bonnes
raisons. »

Si bonnes qu'elles fussent, — ou si mauvaises, — l'adresse resta dans sa cachette
jusqu'au jour où elle en fut tirée par un
ami de la maison qui avait la manie de
fouiller partout. Dieu me préserve de dire
qu'il en avait le droit !

Cet honnête homme — car il l'était : on
en trouve partout — possédait une fortune
assez ronde. Malheureusement il était père,
ce qui le gênait pour faire son testament,
et, quant à faire des comtesses, la chose
lui était plus difficile encore, le seul titre
en sa possession étant celui de notaire hono-
raire Son nom était Flamel, et, chose à
peine vraisemblable, il n'affirmait pas comme
authentique sa parenté avec l'illustre Nicolas,
roi des alchimistes. Toutefois, quand un
flatteur tranchait la question devant lui

dans le sens de l'affirmative, il se taisait discrètement et rougissait de plaisir.

On ne pouvait lui reprocher d'autre grief que d'aller trop souvent chez Rose ; mais, interpellé sur cette faiblesse, il vous aurait répondu :

— Je suis veuf et vous ne trouverez pas dans Paris une fille mieux élevée que la mienne. En second lieu, je fus le notaire de feu Sabart, puis son ami, et par conséquent l'ami de sa meilleure amie. Enfin cette jeune femme a de l'esprit, elle est charmante, et l'on dîne chez elle comme nulle part. Subsidiairement je suis notaire et non pas moine ; j'ai fait vœu de probité et je l'ai tenu : l'honorariat ne se donne pas pour des prunes. Mais quant aux autres vœux, serviteur ! J'aurais craint de ne pas si bien les tenir.

On n'a pas dirigé pendant un quart de siècle l'une des grandes études de Paris sans connaître quelque peu son nobiliaire. Flamel savait le sien sur le bout du doigt, car il avait la bosse des généalogies. Cependant

l'ennui qu'il éprouva en lisant l'adresse de
Vitrac n'avait rien de généalogique. Il demanda, un peu oppressé, en mettant le
papier sous le nez de Rose :

— Qu'est-ce que c'est encore que ce jeune
homme ?

— Où prenez-vous que c'est un jeune
homme ? répondit l'ex-diva, sans se troubler le moins du monde.

— Naturellement ; ce doit être un cente-
naire. Mais encore, que fait-il ?

— Je crois qu'il est à la Bourse.

Un boursier ! Jolie réponse pour calmer
les nerfs d'un ami de Rose ! L'ancien notaire dit entre ses dents :

— Je parie qu'il s'appelle de Vitrac comme
moi. Ces richards de la coulisse ont maintenant la manie d'arborer de faux noms.

— Soyez sans crainte. Ce n'est pas un
richard, protesta l'ingénue qui était dans
un de ses jours de patience. C'est un pauvre.
Il doit gagner dans les trois cents francs
par mois, comme petit employé d'un bureau
de la Bourse où mes affaires m'ont conduite.

Flamel se sentit calmé dans l'instant, car il était habitué à ces alertes, toujours promptement dissipées.

— Alors, dit-il, ce doit être un vrai Vitrac. Et si c'est un Vitrac, c'est un marquis. Mais je croyais la famille éteinte.

Rose eut un éclair dans les yeux et devint fort distraite, si bien que Flamel crut qu'on le boudait pour sa curiosité. Quand il regagna sa maison de la Chaussée-d'Antin, dont il habitait le premier étage, madame Lepiez était encore plongée dans sa rêverie. Elle en sortit bientôt, et, sonnant sa femme de chambre qui avait de l'orthographe et une écriture superbe, — l'instruction se répand, Dieu merci ! — elle dicta ce billet :

« Madame veuve Lepiez, née *de* Courteplisse, serait fort obligée à M. René de Vitrac, s'il voulait bien prendre la peine de passer chez elle demain vers les six heures du soir, pour nouveaux renseignements.

» Mille souvenirs distingués. »

Le lendemain, quand l'heureux mortel

« distingué » par Rose vint prendre son
service à la Bourse, il trouva le bureau tout
embaumé d'un parfum qu'il connaissait. En
même temps, Larceveau lui criait en lui
tendant une enveloppe :

— Dites donc, *de* Vitrac, quand vous
l'aurez lue, vous me la donnerez pour que
je la mette dans mon linge. Prenez garde,
mon cher, une lettre de *sachet*! Vous irez
à la Bastille, la Bastille du Sérail...

La cascade continua sur ce ton pendant
quelque temps; Vitrac, ravi dans sa lecture, ne l'entendait même pas. Il relut deux
fois, avec une agréable perplexité. Les renseignements dont on parlait n'étaient-ils pas
un prétexte?

« Hélas ! pensa-t-il, c'est la pure vérité.
On n'aurait pas mis une semaine à me faire
venir. On est libre, puisque le mari est
défunt. Et cependant quelles explications
peut-on désirer encore?... Enfin, dans quelques heures tout s'éclaircira.

Il mit la lettre dans sa poche à la grande
indignation de Larceveau.

— Moi je vous montre toutes celles qu'on m'écrit dans le même genre, dit ce personnage.

Avec un sourire tant soit peu hautain, Vitrac releva le mot :

— Dans le même genre ! Oh ! pas tout à fait.

Larceveau piqué au vif le traita d' « épateur ». Mais, au fond, il se sentait impressionné par ce silence derrière lequel il devinait « la femme du monde », ce mythe à jamais rêvé. D'ailleurs il avait examiné l'adresse, car il s'occupait de graphologie, et, du premier coup, il avait reconnu la main d'une femme altière, passionnée, ayant depuis sa naissance l'habitude des grandeurs.

Vitrac sortit plus tôt que d'habitude, ayant à rentrer chez lui pour faire sa toilette. A l'heure prescrite il était rue de la Faisanderie où le gentleman en habit noir qu'il trouva sur le perron de l'hôtel ne fut pas sans mettre à l'épreuve sa perspicacité. On croit volontiers dans la bureaucratie,

et même parfois dans la littérature, que la
culotte courte et l'aiguillette sont l'attribut
nécessaire de la haute domesticité. L'habit
noir, heureusement, s'avança vers le nouveau venu avec des intentions sur lesquelles
il n'y avait pas à se méprendre. Vitrac
laissa cueillir son pardessus avec fermeté.
bien qu'il connût, en ce moment, l'amertume d'initier un subalterne richement vêtu
aux défaillances secrètes d'une doublure
fatiguée.

Mais il avait besoin de toute son attention
pour de nouvelles épreuves autrement déli-
cates. Il s'agissait de bien entrer et surtout
de ne pas mal sortir.

Cet inexpérimenté n'était pas un igno-
rant, car il possédait, sur le bout du doigt,
Feuillet sans parler des auteurs moindres.
Il savait que le salon d'une jolie femme est
une mer semée d'écueils, mais d'écueils sur
lesquels il faut savoir se briser à l'heure
convenable. Comme tous les Français de
son âge, il était, par avance, de l'avis de
Jacques de Lerne, et tout à fait incapable

de survivre à l' « Adieu !... Imbécile !... »
tombé d'une jolie bouche. Pendant la longue
course qu'il venait de faire, le malheureux
s'était dit :

« Hélas ! comment m'y prendre pour
n'être ni un goujat ni un niais, bien que,
de ces deux forfaits, je devine aisément lequel est impardonnable. Les auteurs sont
d'accord là-dessus. Mais, Seigneur ! qu'il y
a loin de la théorie à la pratique ! Ah ! si
elle avait auprès d'elle une mère ou des
enfants, comme ce serait plus commode —
pour la première fois ! »

Rose n'avait pas d'enfants auprès d'elle,
et pour cause. Quant à sa mère, depuis des
années la digne femme ne mettait plus les
pieds au salon, car il faut convenir que
l'ancienne actrice avait une rare tenue. Dès
le premier pas qu'il fit dans la vaste pièce,
où la richesse criarde de Sabart fraternisait
de son mieux avec l'opulence austère de
Flamel, Vitrac se sentit rassuré. Même il
estima qu'il l'était trop, tant il est vrai que
nous nous plaignons toujours de quelque

chose. Il reconnut à peine l'inconnue pim-
pante de son bureau dans cette femme sérieuse, qui, vêtue d'étoffes sombres à croire
que Sabart venait de mourir une seconde
fois le matin, tricotait une brassière d'enfant
pauvre, sous la lumière de l'unique lampe.

Tout au moins elle tenait un tricot sur
ses genoux, avec de longues aiguilles d'acier
menaçantes comme des baïonnettes ; mais
Vitrac put être fier du charme de sa conversation. Ni ce jour-là, ni les autres, il ne
vit le pieux tissu avancer d'une maille.

— Asseyez-vous, monsieur, dit la dame
sans tendre la main, et pardonnez-moi de
vous avoir fait venir. C'est votre faute. Vous
êtes si complaisant et si bien informé sur
toutes les questions qui m'occupent ! Et puis
les hommes d'affaires ne pensent qu'à leur
intérêt, quand ils ont devant eux une femme
comme moi, toute seule au monde et subitement enrichie. Voulez-vous me continuer le
secours de vos conseils ?

Vitrac répondit que ses conseils ne va-
laient pas grand'chose, ce qui était à la fois

véritable et modeste. Il ajouta qu'il les offrait de bon cœur pour ce qu'ils pouvaient valoir, et, sans autre préambule, un entretien hérissé de chiffres commença. Vers les sept heures du soir, le conseiller de Rose Lepiez n'avait guère donné de conseils, mais il savait à un centime près le chiffre et la composition de la fortune de sa cliente. Tant pour l'hôtel de la rue de la Faisanderie, tant pour la maison de rapport de la rue Saint-Denis, tant pour une bicoque et un clos de vigne dans la banlieue de Beaune, tant pour les titres de rentes, obligations de chemins de fer, valeurs diverses... total : huit cent mille francs en somme ronde ; Vitrac savait à quoi s'en tenir.

On oubliait de mentionner dans cet inventaire de fort beaux bijoux dans lesquels Sabart n'avait rien à voir, pas plus, d'ailleurs, que dans la maison de la rue Saint-Denis et dans une faible partie de l'actif du portefeuille. Rose Lepiez, en bonne chrétienne, voulait que sa main droite oubliât ce qu'avait reçu sa main gauche ; mais il faut croire que, de son passage au théâtre, elle avait rapporté autre chose que des bouquets. Quoi qu'il en soit, elle eut le bon goût de laisser les origines de propriété dans le vague et de tout mettre sur le compte du défunt.

— Vous étiez sa proche parente? questionna Vitrac avec candeur.

— Oh ! c'est toute une histoire, fit Rose en ébauchant un sourire attendri. Je vous la dirai tout à l'heure, au dessert. Car vous dînez avec moi. Au point où nous en sommes, la chose n'a rien de romanesque.

IV

Elle sonna ; l'habit noir parut.

— Florimond, un couvert pour monsieur.

— Bien, madame.

Tout cela aisé, naturel, facile. Vitrac pensa qu'il aimerait être riche, lui aussi, pour pouvoir, sans tâter sa poche, garder un ami à dîner de temps à autre. Mais dès qu'il fut à table, il comprit que le mot : dîner, comme beaucoup de mots, change de signification suivant les milieux.

Il faut le dire à sa louange, le plaisir de la bonne chère ne passait qu'en second lieu pour lui. S'il avait dû choisir entre le menu de Rose servi sur le marbre du « bouillon » et le menu du « bouillon » servi dans la salle à manger de Rose, il n'eût pas hésité : c'est la deuxième combinaison qu'il aurait choisie.

Mais les deux réunis ! Mais l'or liquide du consommé dans l'émail éblouissant de la porcelaine ! Mais le perdreau truffé sur le plat d'argent ! Mais le vin de Sabart, — un connaisseur celui-là ! — dans le cristal aux mille facettes brillantes ! Mais lui-même, Vitrac, installé sur une chaise moelleuse en face d'une corbeille d'orchidées fantastiques !...

Sur un seul point il regrettait quelque chose. Le repas était fini. Les domestiques s'étaient retirés, laissant sur la table le café, des liqueurs sans nombre, un assortiment de cigares et l'inévitable bougie allumée dans le chandelier d'or. Ce déploiement sentait un peu trop le cabinet particulier, mais, pour de bonnes raisons, l'idée du rapprochement ne pouvait venir au convive. L'ingrat songeait à part lui :

« Quel dommage qu'*elle* n'ait pas dix ans de moins et l'humeur un peu plus folâtre.»

Passe pour les dix ans, mais quant à l'humeur!... Ce que c'est que de manquer de coup d'œil et d'expérience!

Vitrac avait pris un cigare sans plus se faire prier. Très froidement, pour ne rien perdre de sa jouissance, il étudiait cet arome inconnu comme il avait étudié les vins et les plats, autant de connaissances nouvelles. Vous n'auriez pas trouvé dans tout Paris un homme mieux fait pour apprécier ce luxe, et Rose, qui s'y connaissait, jugea que l'heure des épanchements était venue.

Elle prit une cigarette égyptienne, et tout en l'approchant de la bougie:

— Vous n'êtes pas scandalisé ? demanda-t-elle. Aujourd'hui les plus grandes dames fument, — dans l'intimité, bien entendu.

Vitrac exprima d'un geste que — dans l'intimité — il pardonnait facilement cette infraction à l'étiquette. Elle reprit avec un soupir de regret plus modeste que sincère:

— Et puis, mon Dieu! il s'en faut terriblement que je sois une grande dame!

Alors, très naturellement, par petits morceaux, de l'air inconscient d'une personne
qui dit ses secrets sans s'en apercevoir, elle
raconta sa vie, édition corrigée *ad usum ju-
ventutis.*

Mariée jeune, très heureuse avec l'homme
qu'elle aimait, une seule année lui avait
ravi la fortune d'abord, puis son époux
terrassé par le chagrin. Il fallait vivre. On
l'avait assurée souvent, dans ses jours de
prospérité, qu'elle jouait avec une rare
perfection les rôles de jeunes premières sur
les tréteaux mondains. Après ses malheurs,
poussée vers le théâtre par ses meilleurs
amis, elle avait eu d'abord une révolte à
cette idée. Mais quelles révoltes ne sou-
met pas la misère!

— Un beau jour, dit-elle, en contem-
plant sa cigarette d'un air tragique, le
théâtre me parut un asile d'honneur à côté
d'autres solutions que des voix infâmes me
proposaient. Là, pendant plusieurs années,
sans autre protection que la garde d'une

vieille parente qui ne me quittait pas, j'ai
gagné ma vie modestement, car il me faut
bien vous avouer que les brillantes prédic-
tions de mes amis ne se sont point réalisées.
Je ne m'en plains pas. Si j'étais devenue
célèbre, c'est-à-dire entourée, n'aurais-je pas,
comme tant d'autres, succombé à l'enivre-
ment de la fortune ?

Vitrac écoutait l'histoire poliment, mais
avec un sentiment tout autre que le plaisir.
Il avait cru manger le dîner et fumer le
cigare d'une bourgeoise riche, un peu pas-
sée, honnête sans bégueulerie, médiocre-
ment amusante, mais pleine de cordialité.
Au lieu de cela, il trouvait une comédienne de second ordre retirée des affaires.
Il l'eût comprise un peu folle, sinon débrail-
lée, leste en paroles et libre en gestes, vêtue
d'une robe moins sombre que celle qui
l'engonçait jusqu'au menton. Si peu versé
qu'il fût dans la science de la vie, ce type
mélangé et confus le déroutait. Il dit sans conviction et légèrement engourdi par le cigare
autant que par l'histoire un peu longue :

3.

— Vous avez dû beaucoup souffrir d'être obligée d'en venir là.

Madame Lepiez trouva que son confident se hâtait trop d'avoir pitié d'elle. Ses yeux, dont Vitrac ne remarquait point l'éclat, brillèrent d'une flamme différente; ses lèvres se pincèrent. Elle répondit en dévisageant son convive :

— Pas plus que vous pour en venir où vous êtes, monsieur le marquis.

Du coup Vitrac se trouva bien réveillé, car c'était la première fois de sa vie qu'on lui donnait son titre, caché d'abord par orgueil et par économie, puis oublié dans l'indifférence d'une résignation trop complète. Avec plus de curiosité que de déplaisir, il répondit:

— Comment savez-vous ce qui est ignoré de tout le monde?

— Donnez-moi le bras, dit-elle en se levant pour passer au salon. Vous allez voir qu'il n'est pas bien difficile d'être renseigné sur les *de* Vitrac.

Elle prit sur la table un *Annuaire de la*

noblesse dont une seule page était coupée et, d'une voix recueillie, soulignant chaque mention d'un mouvement de tête, elle donna lecture au jeune marquis de la généalogie de sa maison, depuis Enguerrand, le compagnon et le lieutenant de Raymond de Toulouse, tombé dans la plaine d'Ascalon, jusqu'à Louis-Jacques-René de Vitrac, né le 13 avril 1853, chef du nom et des armes et dernier membre vivant de la famille.

Debout devant la cheminée, légèrement étourdi de se trouver depuis trois heures dans un pays complètement nouveau, le jeune homme assistait, comme dans un rêve, au défilé de tous ces grands de la terre. Il écoutait le bruit lointain de ce flot glorieux d'illustrations qui venait mourir sur une rive déserte, en y laissant une épave à peine visible, un nom qui paraissait très court, tout petit et tout nu à côté des autres : le sien.

La lecture finie, Vitrac parut hésiter. Allait-il se redresser en disant avec orgueil :

« Eh bien ! tout est perdu, mais l'honneur
me reste ! » Allait-il se mettre à pleurer
comme un enfant qu'il était presque encore ? Il n'était pas assez simple pour l'un,
pas assez grand pour l'autre. Il avait, de sa
race, le sang pur mais non point l'éducation, pas même le souvenir d'une noble
parole entendue. C'était un pessimiste,
comme tous les hommes de son âge qu'il
avait connus ; mais celui-là, du moins,
avait de bonnes raisons pour trouver l'existence amère. Il parla en pessimiste, et, se
moquant de lui-même avec le ton gouailleur
d'un Larceveau quelconque :

— Louis-Jacques-René de Vitrac, employé
au ministère des finances, bureau des
transferts, palais de la Bourse, aux ap-
pointements de mille écus, proposé pour
une gratification d'un douzième, acheva-t-il,
en parodiant l'emphase de la lectrice.

Toutefois il n'était pas si gai qu'il voulait le paraître. Rose Lepiez s'en aperçut,
vint à lui et prenant sa main :

— Courage ! dit-elle. Moi, je n'ai pas

toujours gagné mille écus. Vous êtes si jeune encore! L'avenir est devant vous.

Il se taisait. Un peu timidement elle ajouta :

— Cela vous ferait-il du bien de savoir qu'à partir de cette heure vous avez une amie ?

Subitement, sa voix était devenue chaude, presque tendre, et Vitrac n'était point blasé sur cette musique toujours douce à entendre pour un homme de cet âge, si imparfait que soit l'instrument.

— Cela me fait du bien, dit-il en serrant la main de sa nouvelle amie. Vous êtes bonne, merci !

De fait, il se sentait réconforté ; mais l'idée ne lui vint pas que le dîner de Rose et le vin de Sabart étaient pour beaucoup dans ce retour à la vie. La conversation reprit, plus intime. A son tour, Vitrac dit son histoire avec le triple agrément de la donner sans coupures, de la raconter dans un bon fauteuil, et de pouvoir se livrer à son sujet sans être refroidi par la « blague

parisienne » d'un Larceveau disposé à rire
de tout.

En commençant, Rose l'appelait « monsieur le marquis » d'un air moitié sérieux
moitié plaisant. Puis, l'intimité s'accrois-
sant très vite, il devint « mon cher marquis », et enfin « marquis »; tout cela dit
aisément, sans la moindre affectation, par
une personne habituée aux titres des autres
en attendant mieux. Quant à Vitrac, il
s'habituait à son marquisat presque aussi
vite que s'il l'eût acheté le matin.

Vers dix heures et demie, Rose lui montra la pendule :

— Je vous renvoie, car on se couche de
bonne heure à la campagne. J'espère que
j'aurai bientôt de bonnes nouvelles à vous
donner.

Il sourit, croyant qu'il s'agissait de nouvelles concernant les affaires de son amie,
puis, après un fraternel *shake hands*, il s'en
fut prendre à la Porte du Bois le train qui
devait le déposer aux Batignolles. Comme
il tournait dans l'avenue, un coupé de

cercle qui filait bon train, et qui portait
Flamel et sa fortune, faillit l'écraser. Vitrac
n'était pas curieux et n'eut pas l'idée d'attendre pour voir où s'arrêtait la voiture.
On l'eût bien étonné en lui disant quel rôle
ce voyageur pressé devait jouer dans sa
vie.

Le lendemain, en arrivant au bureau,
Vitrac avait la mine si longue que Larceveau s'esclaffa de rire.

— Oh! là là! glapit cet inférieur sans
respect. Je ne vous demande pas si vous
avez porté vous-même la réponse au poulet
qui sentait si bon. Quelle noce, mes enfants! J'en ai mal aux cheveux rien que de
vous voir.

Vitrac haussa les épaules et ne répondit
pas, moitié par dédain, moitié parce qu'il
eût été fort embarrassé de répondre. Il savait mieux que personne combien il s'en
était fallu que la « noce » en question fût
échevelée. Cependant il se sentait vingt fois
plus las, plus dégoûté de tout, qu'il ne
l'était au lendemain de ses très rares esca-

pades de jeune homme. Ce n'était pas le remords, puisqu'il n'avait pas commis l'ombre d'un péché. Ce n'était pas l'amour, car depuis qu'il avait vu Rose dans son cadre de bourgeoise opulente, mais désabusée ou convertie, ses idées folles semblaient avoir crevé comme des bulles de savon.

La vérité, c'est que la misère lui semblait moins supportable. Jadis il la portait mal, comme un fardeau trop lourd. A cette heure il la traînait comme un boulet. On aurait dit qu'il venait de perdre à l'instant tous ces biens auxquels il avait goûté la veille. Il s'enfonça dans son découragement de même que le buffle harcelé par les mouches dans son fossé plein de vase. En quelques jours un travail funeste s'accomplit dans son être moral ; on pouvait prévoir qu'il en serait vite à ce point où il n'est pas bon pour l'homme d'être tenté ! Heureusement que le diable trouve à qui parler, de temps à autre.

V

Le monde a bien marché depuis Adam.
Ce fut par une dépêche télégraphique et
non par une pomme que Vitrac s'ingurgita
la première dose de tentation quelques jours
après.

« Mon cher marquis, disait la dépêche,
je suis heureuse de vous annoncer que vous
quittez le navrant bureau de la Bourse
pour un plus gai, au ministère même.
Avec cela, mille francs d'augmentation.
Vous voyez qu'il est toujours bon d'avoir

» UNE AMIE ».

Cette influente protectrice oubliait d'ajouter qu'il est bon d'avoir des amis, et qu'elle en avait de sérieux, sans compter les autres. Mais il entrait dans son plan que Vitrac ne les apercevrait jamais, à l'exception d'un seul. D'ailleurs, même entre eux, ils ne se connaissaient guère. Dans les prisons bien établies, quelques centaines de bons chrétiens entendent le sermon, chaque dimanche, sans qu'aucun d'eux aperçoive le bout du nez de son voisin. Tel était — qu'on excuse la comparaison — le système adopté par la prudente Rose dans le régime de son intimité.

Vitrac ne pouvait guère ne pas demander qu'on lui permît d'aller faire son action de grâces. On le lui permit gracieusement. Tandis qu'il volait d'une aile reconnaissante au rendez-vous indiqué — toujours à six heures du soir — il savourait la joie de son avancement inespéré, fabuleux, tout en se creusant la tête pour savoir de quelle façon, par quelle influence, la blonde Égérie avait

pu l'obtenir. Mais, sur ce point, sa curiosité ne devait pas être satisfaite.

— Que vous importe? dit Égérie. Êtes-
vous content? Commencez-vous à croire
que je suis bonne à quelque chose? Voilà
l'essentiel. Ah! cher marquis, ne faites pas
comme les enfants qui veulent découdre
l'estomac de la poupée.

Le jeune homme consentit à ne rien découdre et, par la même occasion, à dîner
chez Rose. Il était habillé de neuf, et le
maître d'hôtel, en lui ouvrant la porte, l'a-
vait appelé monsieur le marquis. Cependant
Vitrac eut un vague soupçon que ce merce-
naire le traitait avec moins de respect que
dans leur première entrevue. Ce fut toute la
différence. Rose portait la même robe austère; la perfection de la cuisine, la distinction des vins n'avaient pas diminué : les
fauteuils, les tapis étaient aussi doux et
semblèrent accueillir le visiteur comme une
vieille connaissance. Déjà la maîtresse de
maison, plus fraternelle que jamais, s'oubliait à donner quelques conseils discrets.

On voyait qu'elle était décidée à faire de
Vitrac un homme du monde accompli.
Elle lui disait:

— Ne vous montrez donc pas si modeste;
on vous croirait timide. Ne vous fâchez
pas si je vous avertis d'être moins « vieux
jeu ». Que diable! vous êtes le marquis
de Vitrac et non pas un clerc d'avoué !

Le marquis ne se fâchait point qu'on lui
dît son fait et qu'on discutât son nœud
de cravate. Il sentait d'instinct que ces ob-
servations étaient vraies et faites pour son
bien. La soirée n'était pas finie qu'il se
tenait tout aussi mal qu'un autre dans son
fauteuil, les mains dans ses poches, les
genoux à la hauteur des yeux, la tête en
arrière, le cigare aussi droit en l'air et
aussi fumant qu'une cheminée de pa-
quebot. Quant à madame Lepiez, peut-être
que Satan n'y perdait rien, mais, si elle
avait eu son chapeau, vous l'auriez prise
pour une dame patronnesse faisant la
quête, un peu tard, chez un jeune million-
naire bien installé.

Vitrac, cette fois, fut congédié quelques minutes plus tôt, mais il n'insista point pour prolonger. Si bien conservée, si soignée dans sa mise que fût Rose, il oubliait de plus en plus qu'elle avait été fort près de lui faire perdre la tête dans son bureau. Mais alors, dans ces quatre murs misérables et nus, l'élégance de la belle inconnue paraissait deux fois plus capiteuse. En outre, ce jour-là, elle n'avait point cherché à cacher ses griffes et à faire patte de velours, comme à cette heure. Entre deux poignées de main elle dit au marquis:

— Comme c'est ennuyeux que vous n'ayez pas deux fois et demi votre âge ! Nous recommencerions souvent la partie fine de ce soir. Et encore, j'ai peur que vous ne vous ennuyiez à mourir.

Vitrac fit une réponse polie mais très calme. Il paraissait à cent lieues de madrigaliser, mais Rose voulait qu'il en fût ainsi provisoirement. Le chasseur manœuvre différemment selon qu'il poursuit le gibier pour le mettre à la broche ou pour le mettre en cage.

Le lendemain, Vitrac dit adieu à son fauteuil râpé, à son chapiteau de colonne et au facétieux Larceveau. Deux jours après il était installé aux « Finances », dans un local qui pouvait passer pour luxueux à côté de celui qu'il quittait. Moins de travail, plus d'argent, des camarades plus lancés, tel était le programme de sa nouvelle vie. Sa connaissance du monde et des belles manières s'accrut rapidement. Il eut un habit noir qu'il comptait mettre pour son prochain dîner en ville, comme faisaient ces messieurs. L'occasion ne se fit pas attendre fort longtemps. L'habit, comme de juste, fut étrenné rue de la Faisanderie.

Ce soir-là il y eut du nouveau. D'abord Vitrac reçut une invitation dans les formes; ensuite il fut présenté à Flamel.

Prévenu d'avance et habilement préparé, l'ex-notaire fut irréprochable de correction envers « monsieur le marquis », lui faisant les honneurs juste autant que la chose était

permise à un ami plus ancien de la maîtresse de maison. Les deux hommes partirent ensemble ; ensemble ils remontèrent
l'avenue du Bois. En arrivant à l'Arc de
Triomphe, le plus vieux connaissait le plus
jeune comme sa poche.

D'autre part ; il avait suivi de près les
moindres regards de Rose, et le compère
s'y connaissait. Le lendemain, dans le tête-
à-tête, Flamel dit à son amie :

— Ça, pourriez-vous m'expliquer ce que
vous comptez faire de votre marquis ?

Rien ne donne l'assurance à une femme
— peut-être à un homme aussi — comme
d'avoir la conscience nette et quarante mille
livres de rente bien établies. La dame le
prit de haut avec Flamel ; on en vint aux
insinuations aigres-douces, puis aux person-
nalités désagréables, puis aux gros mots.
Les plus gros, il m'est pénible de l'avouer,
ne vinrent pas de l'ancien notaire.

— Entendons-nous bien, dit Rose pour
conclure. Je vais où je veux et je reçois
qui bon me semble. Je n'ai pas les profits

du mariage; pas si bête que d'en accepter
les ennuis ! Que pensez-vous ? Que je veux
faire de ce brave garçon mon amant ? Avons-
nous l'air, lui et moi, de songer à la bali-
verne ? Si nous y songions, croyez-vous que
je choisirais le jour où vous dînez chez moi
pour l'inviter ? Je vous préviens que je l'in-
viterai encore, et vous avec lui. Et vous
viendrez. Et vous serez charmant pour lui,
comme hier soir, du reste. Et vous ne
m'ennuierez pas. Et, si vous trouvez la vie
trop dure, vous n'êtes pas forcé de revenir
ici, mon cher.

Cet argument féminin, le plus fort de
tous, manque rarement son effet, surtout
quand il s'adresse à un sexagénaire. Flamel
baissa pavillon et promit de dîner avec
Vitrac tant qu'on voudrait, pourvu qu'on
lui accordât quelquefois de dîner seul.
Mais certains mots qui venaient de lui entrer par une oreille n'étaient pas sortis par
l'autre.

Beaucoup de gens vous diront que « le
père Flamel » avait été le plus fin notaire

de Paris, même quand il s'agissait des affaires des autres. On peut juger de ce que devinrent son flair, sa pénétration et sa perspicacité quand il vit tout un côté confortable de sa vie menacé dans son existence.

Au bout d'un mois, il connaissait Vitrac aussi bien qu'il connaissait Rose, et même beaucoup mieux, car, ici, l'on jouait cartes sur table.

— Voilà, se disait-il, un jeune homme pétri de loyaux instincts, dont une salutaire influence ferait un Vitrac tout aussi bon qu'un autre. Malheureusement il s'est élevé tout seul et, déjà, il est déformé par la lutte pour la vie, ou plutôt par la lutte pour le pain, qui use encore plus vite. Il est faible, comme sont les oiseaux tombés du nid, même d'un nid d'aigle. Quant à l'autre, je devine son affaire. Elle veut être marquise de Vitrac. Pauvre garçon! Comment ne serait-il pas mis dedans par les airs détachés de tout qu'on lui fait voir? Moi-même, quand il est là, je

4

me surprends à traiter comme un père cette coquine de Rose.

Peut-être que Flamel aurait tiré Vitrac des griffes de madame Lepiez par pure philanthropie, mais un motif plus puissant l'animait. Cicéron n'a jamais mieux parlé que le jour où il plaida *pro domo sud*. En défendant l'honneur des Vitrac, Flamel plaidait pour sa maison, ou du moins pour une de ses maisons : pour la petite.

Le difficile était de sauver l'honneur sans démolir la maison, ou du moins sans s'en fermer la porte. Au premier nuage dans son firmament matrimonial, Rose ne serait pas longue à deviner d'où soufflait le vent de la pluie et, alors, très humble servante à Flamel !

Cependant la toile de cette habile araignée faisait chaque jour des progrès, et le plus fort c'est que l'infortuné tabellion jouait au mieux, malgré lui, son rôle dans la comédie. Vitrac, du premier jour, l'avait jugé pour ce qu'il était, c'est-à-dire pour un honnête homme, dont l'amitié recom-

mandait quiconque avait su l'obtenir. Et
Dieu sait si Rose s'en parait! A chaque
instant, elle le citait en témoignage :

— Vous qui connaissez ma vie... Vous qui
savez quelle peine j'ai eue à rester ce que
je suis... Vous pouvez dire si je suis une
femme intéressée...

Le pauvre homme n'osait pas protester,
mais il s'arrachait les cheveux, en dedans,
faute de pouvoir faire mieux. Il lui semblait qu'il méritait le bagne, comme si,
jadis, assistant à la vente d'une maison, il
n'avait pas déclaré les hypothèques. Il avait
envie de crier à Vitrac :

— Imbécile ! que viens-tu faire ici ?
Mange donc tes dîners à vingt-neuf sous,
bois ta piquette, souffle dans tes doigts sous
le zinc de ta mansarde. Qu'as-tu besoin de
ce luxe? Chéris ta pauvreté; respecte ton
nom qu'on veut te prendre, et mes habitudes que je ne veux pas perdre!

A d'autres moments, Flamel s'indignait :

— Mais enfin, ce gaillard-là doit avoir
des parents, ne serait-ce qu'un cousin

éloigné, pour lui ouvrir les yeux! Il pré-
tend que non, mais ce n'est pas possible.
Si, au lieu de son marquisat et de ses
vingt-cinq ans, il avait mon âge et le
moindre mouchoir à bœufs en Normandie,
les neveux et les nièces grouilleraient autour de lui. Comment faire pour les trouver
là où ils se cachent?

Un jour, loin des oreilles de Rose, bien
entendu, le père Flamel essaya de faire
entendre la bonne parole à ce malheureux
abandonné.

— Monsieur le marquis, dit-il, savez-
vous quel est le plus beau spectacle que la
noblesse puisse donner à notre génération?
C'est celui de la pauvreté vaillamment sup-
portée. Aussi je vous admire sincèrement.
On voit que vous êtes fier de la vôtre.

— On voit fort mal, répondit Vitrac sans
se laisser gagner par ce beau mouvement. De
vous à moi, je ne suis pas plus fier d'être
pauvre que vous ne semblez honteux d'être
riche. D'ailleurs je me demande pourquoi...

— Ah! quelle différence! Le père Flamel

sans fortune est un indigent, voilà tout.
Sauf l'asile des vieillards, nulle maison ne
lui est ouverte. Mais un marquis de vieille
roche, gagnant noblement sa vie, est reçu
dans les meilleures familles.

— Ma foi! je ne l'ai pas éprouvé, fit le
jeune homme. Cependant, si je ne me
trompe, les marquis de l'espèce du vôtre
sont craints comme le feu par les marquises
possédant des filles.

— Monsieur, reprit Flamel, excusez mon
franc parler, mais vous avez tort deux fois
pour une. D'abord vous jugez le monde
d'après les livres, ce qui n'est pas le moyen
de le connaître. Ensuite vos livres sont
trop vieux, ou ils sont écrits par des igno-
rants. Quant à moi, vous admettrez bien
qu'après avoir fait des centaines de contrats
de mariage au faubourg Saint-Germain,
j'ai quelques notions sur la matière. Eh
bien! croyez-moi, nous ne sommes plus au
temps de Balzac, où les jeunes patriciennes,
tantôt faisaient des folies, tantôt mouraient
d'amour pour des gentilshommes ruinés.

4.

Ces demoiselles aujourd'hui ont la tête
plus solide, et leurs mères le savent bien.
Parfois, pas toujours, elles donnent un
quadrille à un danseur pauvre; mais leur
main, c'est une autre affaire. Pour ce qu
est du cœur, la chose se traite en dehors
de nos études. Cependant j'ai tout lieu de
croire que l'accident est rare.

— Vous voyez bien! repartit Vitrac.
Vous me donnez raison sans le vouloir.
D'après cela, je vais me rabattre sur les
bourgeoises.

Flamel ne s'aperçut point que son interlocuteur plaisantait. Croyant qu'en effet ses
arguments tournaient contre sa cause, il
leva les bras au ciel et s'écria:

— Monsieur le marquis! Est-ce bien
vous qui parlez? Quoi! vous n'auriez pas
peur d'une mésalliance!

— Pas la moindre peur, répondit Vitrac,
cette fois avec une parfaite conviction.

— Et, si jeune encore, vous renonceriez
à votre liberté?

— Oh! pour ce que j'en fais!...

— Mon Dieu! fit Flamel se repliant en bon tacticien, il est certain qu'une fille sans naissance, mais très jolie, très jeune, très bien élevée, de famille honorable et suffisamment riche... Dans ces conditions une mésalliance n'est pas une tache, mais dans ces conditions seulement.

— C'est plaisir de causer avec vous, reprit Vitrac. Eh bien! connaissez-vous un ange qui réponde à ce signalement?

L'ancien notaire fit une grimace fort singulière et répondit vivement :

— Certes, non! mais, si vous êtes dans ces dispositions, que n'abordez-vous carrément la chasse aux héritières?

—Ah! voilà : je déteste la chasse. On s'y fatigue, on s'y crotte, et les mauvais tireurs comme moi sont sûrs de rentrer bredouilles.

Flamel était navré.

— Celui-là est à point, pensait-il. Rose n'a qu'à se baisser pour mettre la main dessus. En trois semaines, si la Providence n'éclaire pas cet aveugle de naissance, l'affaire sera faite.

VI

Des symptômes menaçants augmentèrent ses craintes. On était aux environs de Pâques, et madame Lepiez avait entrepris de convertir Vitrac, lequel, par parenthèse, n'était pas un bien grand pécheur. Pour le catéchiser comme il faut, elle l'invitait à dîner deux ou trois fois par semaine et le nourrissait de salade et de poisson. A chaque visite, le jeune catéchumène se frottait à la robe d'une dame de charité ou d'une sœur quêteuse, prenant congé avec mille bénédictions. Une fois il eut pour voisin de table l'abbé X..., directeur d'un orphelinat besogneux, et qui aurait dîné chez le diable, pourvu qu'on lui permît d'emporter un pain pour ses pauvres.

Flamel sentait si bien venir le dénouement, qu'il ne fut qu'à demi étonné le jour où madame Rose lui parla comme suit, toutes portes fermées :

— Cher ami, vous me connaissez. J'ai la passion de l'ordre et la haine de l'incorrection. La fortune, à mes yeux, doit servir à autre chose qu'à m'assurer le respect de mes domestiques. Je veux le respect du monde. Pour cela, que me faut-il ? Un mari. Voulez-vous m'épouser ?

L'ancien notaire ne s'attendait pas à ce dernier membre de la période. Il fit un bond sur sa chaise, et Dieu sait quelle phrase d'indignation allait sortir de sa bouche. Mais il rencontra, rivés sur les siens, deux yeux noirs qui, à cette heure, n'étaient pas tendres. Ce n'était pas la première fois que ce regard lui en imposait. Il répondit avec un sourire qui ressemblait fort à une grimace ;

— Chère amie, voilà un mot que je n'attendais guère et dont je me souviendrai avec bonheur jusqu'à mon dernier jour. Merci ! merci à genoux !

Il ne se mit pas à genoux, cependant ; mais il baisa le bout des doigts de celle qui s'offrait si loyalement à lui.

— Maintenant, continua-t-il, raisonnons comme des gens sérieux. Il est vrai que nos mœurs ont préconisé cette maxime : Pas de mari, pas de considération. Mais, ma chère enfant, *vous avez eu* un mari. J'ai tenu dix fois son extrait mortuaire dans ma main, et, s'il est mort, ce n'est ni votre faute ni la mienne. Vous êtes veuve, et saint Paul écrit à Timothée : *Honorez les veuves.* Un pieux ecclésiastique vous le disait hier en ma présence. D'ailleurs, moi qui vous parle, j'ai compté jadis, parmi mes clientes, des veuves de votre âge et presque aussi belles que vous, chez qui l'archevêque de Paris allait en visite.

Rose Lepioz regardait l'ancien notaire pour voir s'il ne se moquait pas d'elle, mais il

n'avait garde de rire. Il continua, plus sérieux que jamais :

— Voilà pour vous. Maintenant, parlons
un peu de moi. J'ai une fille qui va sur
ses vingt ans. Vous ne la connaissez pas,
mais moi je la connais : elle a une tête...
la tête de feu madame Flamel, c'est tout
dire. Je suis sûr comme je vous vois que
vous feriez le modèle des belles-mères ; mais
qu'elle serait le modèle des belles-filles, c'est
sur quoi je serai moins affirmatif. Notez que
ma fille a une grosse dot et une figure pas-
sable. On me l'a demandée souvent, mais
il suffit que je lui propose un monsieur pour
qu'elle lui jette la porte au nez. Un jour
ou l'autre, il faudra bien qu'elle s'appri-
voise, et alors je serai libre. Comprenez-vous?

— Parfaitement, dit Rose. Vous m'épou-
serez, ce qui me donnera le plaisir d'avoir,
en plus d'une belle-fille désagréable, un
beau-gendre qui m'enverra promener. Votre
servante. J'aime mieux une famille que
j'aurai faite moi-même. Écoutez, Flamel ;
tenez-vous à mon amitié ?

— Cette question...

— Alors il faut me prouver la vôtre, en foulant aux pieds tout égoïsme. Entre nous, je craignais la réponse que je viens d'entendre. A défaut du mari que j'aurais souhaité et qui ne peut pas être à moi, j'avais jeté les yeux sur un autre. Que pensez-vous de notre ami Vitrac?

Flamel se leva et fit deux tours dans le salon de Rose, prévoyant qu'il allait avoir affaire à forte partie. Avec un geste de mélodrame il répondit :

— Je pense que, cent fois déjà, vous me donnâtes envie de tuer ce jeune homme.

Rose, malgré tout, ne fut point effrayée. Jadis elle avait débuté sans gloire dans les rôles classiques et ne dédaignait pas de citer Molière.

— Tenez-vous donc en repos, dit-elle. Vous ressemblez au père d'Angélique en train d'arpenter sa chambre, par ordonnance de Purgon. Croyez-moi, ne tuez personne et restons bons amis. Pour cela, il faut que vous me rendiez service. Vous comprenez que je ne veux pas recommencer pour un autre ce que je viens de faire pour vous : Offrir ma main, au risque de me voir refusée.

L'ex-notaire marcha sur Rose les bras croisés, l'œil menaçant.

— Ah ! ah ! dit-il furieux. Vous comptez sur moi comme entremetteur ! Vous me supposez capable de cette lâcheté, de cette...

Il s'arrêta. La main de madame Lepiez s'étendait vers le bouton d'une sonnerie.

— Attendez, cria-t-il, de grâce !...

Trop tard. Un domestique se montra.

— Faites venir un fiacre pour Monsieur, commanda Rose d'une voix très douce ; une voiture chauffée, bien entendu. La journée est froide et M. Flamel ne se sent pas bien.

L'homme disparut, laissant l'ex-notaire dans un état de prostration considérable.

— Ainsi, gémit le malheureux, vous me chassez de cette maison où... où...

— De cette maison, acheva prudemment Rose, où vous étiez reçu comme l'ami dé-

voué que l'on croit capable d'un sacrifice .
On s'était trompé; la maison se ferme.

— Mais ne plus vous voir!... s'écria
Flamel, laissant éclater sa douleur.

— Qui parlait de ne plus me voir? C'est
donc que vous vous condamnez vous-même.
Vous reconnaissez que la femme respectée
et fidèle que je veux être, ne saurait, sans
rougir, vous tendre la main. Vous vous
avouez indigne de l'hospitalité confiante
qui vous eût accueilli. Allez; quittons-nous
sans rancune. Je vous fais un chagrin, peut-
être, mais par cette désillusion cruelle,
vous venez de me briser le cœur. Nous
sommes quittes.

Il resta une minute, la figure cachée dans
ses mains. Quand il releva la tête, ses petits
yeux gris brillaient d'une malice autrefois
proverbiale qu'il éteignit aussitôt.

— Je suis à bout de forces, dit-il. C'est
moi, maintenant, qui vous demande congé.
Il faut que je me trouve seul avec moi-
même; j'ai besoin de m'interroger, de décider lequel me rendra le plus malheureux:

ne plus vous voir ou vous voir dans les
bras d'un autre. Accordez-moi trois jours.

— Soit, répondit Rose avec une émotion
plus contenue. Quel que soit mon avenir,
il dépend de vous que l'image d'un ingrat
se joigne à mes plus grands bonheurs.

Et ces deux bons comédiens se quittèrent
en se serrant la main, sans rire.

Trois jours après, Flamel reparut, triste
mais résigné. Il dit à son amie :

— Je suis prêt. Que faut-il faire ?

— C'est bien simple, répondit-elle. Supposez que je suis votre fille et que vous
vous êtes mis dans la tête d'avoir pour
gendre le marquis de Vitrac. Voilà le programme. Quant à l'exécution, cher maître,
je ne suis point inquiète et m'en rapporte à
vous, qui devez avoir négocié des mariages
plus difficiles dans le cours de votre car-
rière.

Flamel fut sur le point de répondre :

— Pas beaucoup.

Mais il retint cette parole imprudente et
se mit en mesure d'obéir. Aussi bien, cette

nouvelle expérience de la nature humaine
qu'il allait faire l'intéressait.

Le lendemain, vers quatre heures, il entrait dans le bureau de Vitrac et lui demandait :

— Vous plaît-il que nous allions prendre
un peu l'air ensemble ? J'ai besoin de vous
parler ?

Dix minutes plus tard, ils étaient seuls
sur la terrasse du bord de l'eau. Flamel
entra en matière :

— Monsieur le marquis, vous souvient-il
de ce que vous disiez à propos de mésalliances ?

— Non seulement je m'en souviens, répondit le jeune homme, mais encore j'ai
médité la question, car vous m'aviez pris
un peu de court.

— Je devine que la réflexion vous a
rendu moins libéral.

— Ma foi ! non. Tout au contraire ; ce
mot de mésalliance me révolte. Je voudrais
bien savoir qui peut me dire mésallié, si je
me trouve bien allié, moi : selon mon inté-

rêt, c'est possible, mais aussi selon mon cœur et ma conscience?

— Monsieur le marquis ! monsieur le marquis ! si le monde auquel vous appartenez vous entendait !

— Oh ! bien, quant à cela, je suis sans inquiétude. Il est à belle distance de moi, « le monde auquel j'appartiens » ! Ce Dieu tout-puissant est invisible, comme l'autre. Seulement l'autre, le vrai, qui me punira par l'enfer si je me damne, me promet sa grâce dès cette vie si je le sers. Le monde, lui, parle autrement. « Mon garçon, tire-toi d'affaire si tu peux, mais ne compté pas sur nous. Tu n'as pas d'argent : tâche de vivre et de mourir sans que nous entendions parler de toi; c'est ce qui peut t'arriver de mieux. Ne te marie pas. Si tu nous volais une des nôtres plus riche que toi, nous ferions tout pour empêcher sa folie; mais ce malheur n'est guère à craindre, Flamel te l'a dit ! Si tu la prenais pauvre, elle ne pourrait pas venir chez nous, passé trois heures, au prix où sont

les enfants et les robes. Si tu te mésalliais,
nous irions peut-être chez toi : la chose
dépend de l'énormité de ton forfait, c'est-
à-dire de la dot. Mais tu serais maudit...
pendant dix-huit mois ou deux ans, sinon
davantage. » Voilà ce qu'il me dit, « le
monde auquel j'appartiens ». Maintenant,
monsieur Flamel, qu'avez-vous à m'offrir ?

— Vous croyez plaisanter, répondit l'ex-
notaire. Eh bien ! vous allez voir si je
plaisante. On m'a chargé de vous pressentir
sur un mariage.

Vitrac regarda l'ambassadeur et dit en
affectant la légèreté :

— Maintenant que j'ai vu votre figure,
je ne vous demande plus si c'est sérieux.
Un croque-mort semblerait drôle à côté de
vous. Passons à l'interrogatoire. Et d'abord,
l'état civil ?

— Monsieur le marquis, l'interrogatoire
est tout fait. Vous connaissez la personne.
J'ai eu l'honneur de dîner avec vous chez
elle, pas plus tard que jeudi dernier.

Flamel, comme de juste, observait de

près son interlocuteur. Il crut le voir tres-
saillir, mais pas aussi fortement qu'il l'eût
désiré. Vitrac marcha sans ouvrir la bouche
pendant une minute, puis il répondit :

— Jusqu'à présent, le nombre de ceux
qui m'ont fait du bien se monte à quatre,
pas un de plus. Le premier est un saint
homme qui m'a recueilli et m'a enseigné
le catéchisme. Le second est le proviseur
d'un petit collège qui a fait de son mieux
pour me faire oublier mon *Pater*, en même
temps qu'il m'enseignait toutes sortes de
belles choses. Le troisième est un pauvre
officier de fortune qui m'a empêché de
mourir de la fièvre en Allemagne et de la
disette en France. Mon quatrième bienfaiteur, qui est une bienfaitrice, a rendu ce
pain beaucoup moins sec et m'a ouvert la
seule maison hospitalière que j'aie connue.
Aujourd'hui, peut-être par un sentiment
romanesque de pitié, cette femme dévouée
et bonne vient à moi. Pourrais-je écouter
son appel sans émotion? Cet appel, d'ailleurs, m'est transmis par un homme hono-

rable, dont l'intervention calme déjà certains scrupules. Cependant l'affaire est grave. Il ne s'agit plus d'épouser quelque roturière cousue d'or. Qu'est-ce que l'objection de la roture à côté de l'objection du théâtre! Vous me comprenez, monsieur Flamel, et vous n'êtes point surpris que j'aie besoin de réfléchir. Je m'attendais si peu!...

— Je comprends tout, monsieur le marquis. Veuillez me dire seulement quelle réponse je dois faire. Je la transmettrai textuellement, comme c'est mon rôle.

— Rapportez ce que vous avez entendu, sans omettre une parole. Dites que je répondrai après-demain. Ajoutez seulement... Non, n'ajoutez rien. Mais je vous le dis à vous, pour que vous compreniez mon trouble. Du premier jour où j'ai aperçu l'amie que vous aimez comme une fille, je l'ai... admirée follement. Et si, presque aussitôt, l'estime, la reconnaissance, le respect n'étaient venus... Ah! Dieu! me pardonnera-t-elle d'hésiter une minute en face de tant de bonté, de tant de charme?

— Allons! allons! monsieur le marquis. Voilà vos vingt-cinq ans qui vous montent à la tête. Soyez tranquille; on vous pardonnera vos réflexions. Je m'en charge. Pour le reste, que Dieu vous assiste! Car, pour moi, je me récuse, vu mon amitié pour l'une des parties... et même pour les deux.

Il s'éloigna, feignant de rire d'un bon gros rire d'oncle de comédie. Mais à peine hors de vue, son air sérieux lui revint.

« Il ne manquait plus que cela! pensait-il. Cette mâtine de Rose l'a pris par tous les hameçons, même par le meilleur de tous. Et moi, que vais-je faire si mon invention échoue? Laisser ce pauvre malheureux sauter le pas, jamais! Que le diable emporte les marquis ruinés, et les coquines ambitieuses! »

Flamel ne se doutait pas que « son invention » était à cette heure même en train de réussir, et même cent fois mieux qu'il ne l'eût jamais espéré.

VII

Tandis que l'ancien notaire causait avec
Vitrac sur la terrasse du bord de l'eau des
Tuileries, une jeune fille lisait à haute voix
la *Gazette de France* à une femme presque
aveugle, infirme, très âgée. La lectrice
était fort jolie et délicieusement habillée;
celle qui l'écoutait semblait fort pauvre, et
la scène se passait dans un salon plus que
modeste, au cinquième étage d'une maison
de la Chaussée-d'Antin.

La lecture de l'austère journal achevée,
la jeune fille en lira un autre moins sévère

de sa poche. Puis elle dit avec un respect un peu timide qui la rendait charmante :

— Madame, je sais que les mariages du grand monde vous intéressent. En voici un que le *Figaro* annonce, et, même, votre nom se trouve dans l'article.

La vieille dame qui trônait sur une chaise plutôt qu'elle n'y était assise, sans s'appuyer, répondit en plissant les lèvres :

— Je voudrais bien savoir de quel droit ces gazetiers ressuscitent les morts ! Voyons qui se marie. Lisez, mon cœur, bien que cette feuille ait un drôle de saint pour enseigne. Il nous a mis en beau point, votre monsieur Figaro, lui et ses idées !

Sans protester, la jeune fille lut le passage suivant, d'une voix fraîche et délicatement timbrée. Toutefois l'accent, un peu trop parisien, formait un contraste marqué avec les inflexions classiques et légèrement affectées de sa vieille amie :

« Une nouvelle que nous donnons sous toute réserves. Le marquis de V..., modeste employé dans un ministère, seul rejeton d'une famille aujourd'hui déchue de son antique splendeur, serait sur le point d'é-pouser une ancienne étoile de nos théâtres, encore belle et fort riche. Le château féo-dal des seigneurs de V..., laisse voir ses ruines sur une hauteur voisine de la petite station de Vitrac, en Auvergne. La maison de V..., est alliée aux Pontusson, aux Ver-niolle, aux Rimont, aux Rencluse... »

La vieille dame ne laissa point sa lectrice aller plus loin.

— Sainte Vierge ! s'écria-t-elle. Voici du nouveau ! Relisez, ma petite, ce que la feuille raconte à propos du château, des ruines. Vitrac !... Est-ce possible !

Quand elle eut écouté la seconde lecture :

— Il y a donc encore des Vitrac ! dit-elle avec une grande agitation. Je croyais que le dernier avait péri dans une bataille. C'est celui-là sans doute qui reparaît pour nous couvrir de gloire ! Voilà ma chance ! Il me ressuscite un neveu et c'est un apos-tat !

Soudain elle s'interrompit et tourna ses

foudres sur sa jeune compagne qui la considérait avec stupéfaction, les bras tom-
bants, la bouche béante:

— Eh bien ! mademoiselle! Vous me regardez comme un saint de cire. Cela vous
étonne que j'aie un neveu ? Probablement
vous supposez qu'on m'a trouvée sous un
porche, avec une médaille percée au cou.
Eh bien! non ; j'avais une famille, et mon
défunt mari en avait une également. C'est
même par lui que j'ai l'honneur de tenir
à ce jeune vaurien, car les Rimont et les
Vitrac se sont alliés cinq fois : la première
fois sous Charles VIII, la seconde... Mais
j'oublie à qui je parle. Que vous importe
à vous que ce malheureux garçon désho-
nore sa tante?

— Oh ! madame, dit la jeune fille en
levant sur madame de Rimont un regard
mouillé, vous savez depuis longtemps que
vos chagrins sont mes chagrins.

— Bon! la voilà qui va pleurer, à présent! Mon cœur, n'y pensons plus. D'ailleurs il est mon neveu de fort loin, et moi

je suis plus morte, plus enterrée que le
grand Alexandre. C'est une croix qui s'a-
joute à celles de ma vie... Une de plus, une
de moins !...

— Mais, madame, ne pourriez-vous tenter
quelque chose pour empêcher que monsieur
votre neveu ne fasse un mariage qui vous
déplaît?

— Écoutez-la, cette petite ! On dirait que
j'ai ce polisson sous la main, que je
peux le faire obéir rien qu'en remuant le
petit doigt ! Un monsieur qui sert le gou-
vernement, qui... Tenez, ma mie, vous me
feriez dire des choses malsonnantes pour
vos oreilles. Après tout, qu'il se pende s'il
en a envie !

— Peut-être que, si vous lui parliez... Il
me semble qu'on ne peut pas dire non,
quand vous ordonnez quelque chose.

— Pour lui parler, il faudrait le voir.

— Écrivez-lui de venir.

— Et mon serment de ne plus voir personne?

— Oh ! madame. Un neveu !

· Moins d'un quart d'heure après, madame de Rimont, vaincue par cette éloquence, dictait un billet à sa jeune amie. Le difficile fut d'y mettre une adresse.

. — « Employé au ministère, » disait le gracieux secrétaire en consultant le journal. Quel ministère? Il y en a douze au moins. Comment trouver le bon?

Cette fois madame. de Rimont secoua la tête d'un air de confiance et appela d'une voix encore .très forte :

— Pétronille !

Une servante qui semblait contemporaine de sa maîtresse arriva clopin-clopant.

— Qui fait mon service aujourd'hui?

Pétronille leva le nez en l'air, chercha dans sa tête et répondit :

— C'est mon neveu, Boniface Pigagniol, madame la comtesse.

— Bien. C'est un jeune homme intelligent, Il trouverait une aiguille dans . le marché au foin. Va le chercher.

La cámériste allait obéir; une jeune voix s'interposa doucement :

— Madame, je redescends chez mon père.
Si vous vouliez, je me chargerais de donner
vos ordres à Boniface.

— Certes, je le veux, mignonne. Et je
vous remercie de penser aux vieilles jambes
de Pétronille. Mais à quoi de bon, d'attentif
ne songez-vous pas ?

VIII

Il y a, dans tout homme préoccupé d'une grave question, quelque chose de cet écolier somnambule qui trouvait sa version faite quand il se levait le matin. La version de Vitrac était fort avancée quand il s'éveilla, la tête lourde, après sa conversation avec Flamel. Toutefois, contrairement à la légende, il y avait des fautes.

L'heureux mortel, tout en frottant ses yeux, se demandait :

— Que m'est-il donc arrivé qui me rend l'âme si contente ?

Il fut bientôt suffisamment réveillé pour faire le compte de sa bonne fortune, et de plus gâtés que lui ne se seraient point trouvés à plaindre. La bonne moitié des hommes vendraient leur âme au diable pour satisfaire leur amour-propre, ou leurs sens, ou leur intérèt. Du même coup, ce triple rêve était réalisé pour Vitrac, et le parchemin qu'on lui présentait à signer sentait à peine le roussi. Une femme adorable mettait à ses pieds son cœur et sa fortune, et le suppliait de vouloir bien se baisser pour les prendre. C'en était fait de ses luttes contre la pauvreté devenue si lourde. Ses maux étaient finis ; sa version était faite ; le prix ne pouvait lui échapper ; et quel prix !

Sa vie devenait un roman, un roman à la Deshoulières, où les moutons étaient gras, l'herbe épaisse et fleurie ; les loups inconnus. Aimé avant d'être amoureux, pouvait-il se plaindre si par le nombre des printemps comme par celui des agneaux, sa bergère avait un peu trop l'avantage ? Elle

était si charmante! si brillant l'or de sa
chevelure! Et, d'un seul mot, il pouvait
acquérir tous ces trésors!

A certains moments, il est vrai, les trois
lettres de ce mot lui semblaient grosses
comme des montagnes. Il se disait loyalement, sans s'informer si l'intéressée eût ac-
cepté l'arrangement :

— Quel dommage que je ne puisse la
faire de moitié moins riche et lui ôter ce
malheureux théâtre !

Un instant après il se consolait en son-
geant que des rois et des princes, valent
bien les Vitrac, avaient pris femme sur les
planches. D'ailleurs, qui se souvenait que
Rose les avait effleurées de ses pieds im-
perceptibles, sous un nom d'emprunt?

Il était partagé, inégalement je l'avoue,
entre ces impressions contraires quand il
s'assit à sa place dans son bureau, vaste
pièce inondée de jour, dont les fenêtres
s'ouvraient sur des massifs d'arbres verts.
Deux ou trois camarades, gens du meilleur
monde, l'accueillirent avec une bonne hu-

meur sans trivialité. Qu'il était loin, le
sombre réduit de la Bourse avec son chapiteau, son plafond surbaissé et les calembours
de Larceveau ! Ainsi que Tityre après la fin
de ses malheurs, Vitrac avait envie de s'é-
crier : « Ces biens je les dois à une déesse. »
Et l'heure des bienfaits les plus doux n'était
pas encore sonnée !

Il travaillait depuis assez longtemps, avec
plus de mollesse qu'autrefois, il faut en
convenir, quand un commissionnaire entra,
sa casquette à la main. C'était le neveu de
Pétronille, le jeune homme dont avait parlé
la comtesse. L'éphèbe en question ne paraissait pas avoir plus de cinquante-cinq ans.
Avec un accent qui trahissait son origine,
le brave Pigagniol demanda :

— Monchieur le marquis de Vitrac?

Les camarades se regardèrent. Un marquis ! Pour quelle raison ce sournois ca-
chait-il son titre ? Le sous-chef qui appartenait à la descendance collatérale d'un
comte de l'Empire, et qui portait des cou-
ronnes jusque sur ses chaussettes, désigna,

d'un geste maussade, le destinataire. Celui-ci prit le poulet, regarda l'écriture, s'attendant à reconnaître la main de Rose, c'est-à-dire de sa femme de chambre; mais il vit des caractères élégants, menus, allongés, tout nouveaux pour lui. En même temps la rédaction singulière de l'adresse le frappa.

Monsieur le marquis de Vitrac,
employé dans un ministère.

Il demanda au porteur :

— Comment avez-vous pu me trouver avec des renseignements aussi vagues?

L'homme expliqua qu'il marchait depuis trois heures et qu'il avait visité de fond en comble l'Intérieur, la Guerre, les Travaux Publics et la Marine. Il paraissait enchanté d'un succès aussi rapide.

— Car enfin, disait-il, j'avais encore chix établichements à vigiter, si je n'avais pas trouvé M. le marquis aux Finanches.

Vitrac, fort intrigué, déchira l'enveloppe et prit connaissance du contenu qui le rendit un peu nerveux.

— C'est une dame qui vous a remis cette lettre? demanda-t-il à l'Auvergnat, en baissant la voix.

— Oui, tonna Piganiol, et une jolie dame et gentille, pour sûr. « Boniface, qu'elle m'a dit, vous passerez la semaine s'il le faut, mais vous trouverez ce monsieur. Voilà cent sous, et ce n'est pas fini. Le reste viendra quand vous apporterez la réponse. » M. le marquis ne me doit rien,

Le jeune homme réfléchit plusieurs secondes.

« J'ai lu quelque part, songeait-il, qu'un roman n'arrive jamais seul. Comme c'est vrai! Dois-je aller voir cette comtesse? Évidemment. Mais qu'arrivera-t-il si ma belle amie est informée de mon escapade, avant que le dernier mot ne soit dit? Bah! comment pourrait-elle savoir? Je lui raconterai l'aventure plus tard, en antidatant s'il le faut. Tant mieux si elle est jalouse! »

Un sourire léger releva sa moustache. Tout le bureau, y compris le sous-chef, aurait donné un mois de solde pour être à sa place quand il répondit à l'Auvergnat, d'un air de désinvolture qui marquait des progrès sérieux dans les belles manières :

— Dites que j'irai vers cinq heures et demie.

Tandis que Pigagniol ébranlait le couloir du poids de ses chaussures massives, le futur de Rose relisait les trois lignes qu'il venait de recevoir :

« La comtesse de Rimont désirerait entretenir quelques instants monsieur de Vitrac, pour affaire d'importance. »

IX

A force de coups de fer dans sa frisure,
de talent dans son nœud de cravate, de
fleurs à sa boutonnière, Vitrac avait l'air
aussi peu marquis que possible quand il
entra dans la maison de la Chaussée-d'Antin, dont il avait l'adresse. A la question
qu'il posait, le concierge répondit d'un ton
où se peignait le respect pour sa locataire:

— Madame la comtesse de Rimont demeure au cinquième, la porte en face.

Le visiteur eut un soubresaut, et, s'étant
fait répéter le coefficient de l'étage, il s'en-

gagea dans l'escalier avec le geste d'un homme qui s'attendait à trouver le ciel moins éloigné de la terre.

La porte lui fut ouverte par une petite femme épaisse et pourtant fort active, dont le visage apparaissait, tout rond, dans un encadrement de coiffes, à la façon d'un cadran de pendule encastré dans un sujet bizarre. Pétronille, car c'était elle, passait sa vie à lutter contre une jovialité native qui lui valait, depuis quarante-cinq ans, les reproches doux mais sérieux de sa maîtresse. Elle demanda, tout épanouie par une satisfaction intense :

— Monsieur le marquis de Vitrac ?

Et, sur un geste affirmatif de ce noble personnage, elle ajouta :

— Monsieur le marquis est attendu.

Alors, de l'antichambre microscopique, à peine éclairée par la lampe qu'elle tenait, Pétronille fit passer le jeune homme dans un salon qu'il faut décrire pour tâcher de faire comprendre quel fut l'étonnement de Vitrac en y mettant le pied.

6

La première chose qu'il vit fut le portrait d'un enfant assis auprès d'une table couverte de livres. Le cadre frappait les yeux, d'abord par ses dimensions absolument disproportionnées avec celles de la pièce, et ensuite à cause de la couronne royale qui le surmontait. De chaque côté, pendait une applique représentant deux cors de chasse en miniature, dont les pavillons renfermaient des bougies allumées. Au pied du portrait, un fauteuil retourné montrait son dos de serge avec un air de bouderie qui, tout d'abord, faisait mal augurer de l'hospitalité du logis.

De chaque côté du fauteuil un bahut-bibliothèque en imitation de chêne, plus veiné que nature, s'élevait à hauteur d'appui, déroutant la curiosité par les rideaux, jadis verts, tendus derrière son vitrage. L'un des bahuts supportait une sphère de géographie comme principal sujet de décoration. Sur l'autre on voyait un télescope de cuivre.

La cheminée de bois noir était ornée

d'une statue équestre de saint Louis dont
l'auteur, soit par modestie, soit par prudence, avait esquivé les principales difficultés de son sujet. En effet, les jambes et
le corps entier de l'animal disparaissaient
jusqu'aux sabots sous une draperie fleurde-
lisée qui balayait le sol, — celui du désert
de Palestine, sans doute, — tandis qu'un
heaume, dont la visière était mobile, pro-
tégeait à volonté tout ou partie du royal
visage, non seulement contre les traits des
musulmans, mais encore contre les regards
indiscrets des chrétiens.

Un piano carré, à pieds droits, semblait
grelotter sous sa housse de reps jaunâtre,
car la maîtresse du logis ne partageait pas
les goûts du ver à soie, en matière de tem-
pérature. Cet instrument, jadis effleuré par
des mains augustes, servait de piédestal à
un dévidoir encore chargé d'une laine non
moins sacrée. Quant aux sièges, rangés en
bataille le long des murs, leur style angu-
leux ramenait le spectateur aux peintures
de David, où les plus douces émotions de la

vie sont empoisonnées par l'absence du confortable. L'homme le moins enclin à la
mollesse reculait d'un pas, rien qu'en
voyant ces coussins à vive arête, moins
durs à l'œil que le marbre ou l'airain, mais,
en réalité, à peine moins inhospitaliers
dans leurs contacts.

Sur une de ces chaises curules, une
grande femme était assise, laissant voir dans
sa pose et sur ses traits plus de majesté
que de bienveillance. Les vieux Romains,
attendant les Gaulois dans le vestibule de
leurs maisons, ne devaient pas avoir beaucoup moins envie de rire que la comtesse
attendant Vitrac dans son salon, et Vitrac
ne savait guère plus que les Gaulois à qui
il rendait visite. Pour dire la vérité, le
pauvre garçon se demanda tout d'abord s'il
n'était pas entré chez une folle, tant le costume et la figure de son inconnue semblaient empruntés à un monde fantastique.

Madame de Rimont coiffait encore à la
girafe ses cheveux restés les plus beaux du

monde sous leur blancheur éclatante, et légers comme l'argent d'un filigrane. Deux larges coques dominaient la tête, accompagnées, sur chaque tempe, de papillotes savamment roulées qui s'arrêtaient juste à l'oreille. On aurait cru voir quelque énorme phalène blanche battant des ailes au-dessus d'une pyramide de beignets couverts de sucre. Des rubans de gaze noire couronnaient l'édifice d'un nœud compliqué, et rien n'était plus étrange que le contraste entre la forme juvénile de la coiffure et l'aspect du visage, où se lisait l'approche d'un siècle.

La robe en alépine grise — étoffe légère dont le nom a disparu — était contemporaine de la coiffure et du visage. L'ampleur énorme des manches, venant mourir au poignet donnait l'idée d'un corps monstrueux composé de trois bustes réunis par leurs épaules. Celui du milieu, serré à la taille d'un ruban noir, offrait dans sa partie médiane deux systèmes de plissures qui se rejoignaient aux extrémitiés, comme les méri-

6.

diens de deux sphères allongées. Un poète
de la bonne époque aurait dit que le Temps,
ce larron que nul n'arrête, avait dédaigné
les écrins, tout en faisant main basse sur
les bijoux. Un immense col à l'enfant, de
linon tout uni, bordé d'un ourlet fort simple, tombait jusqu'aux épaules, cachant
l'échancrure accentuée du cou, jadis étalée
aux heures élégantes. Enfin la jupe très
plate, un peu courte, laissait voir, posés
d'équerre sur leur socle de tapisserie, deux
cothurnes noirs sans talons, dont la ganse
étroite coupait en spirale la blancheur du
bas.

En présence de ce fantôme du passé qui
le regardait dans sa fixité immobile, Vitrac
— il l'a déclaré depuis — connut la frayeur
pour la première fois de sa vie. Non seulement il hésitait à entrer, mais encore, sans
Pétronille qui lui coupait la retraite, il
aurait cherché à fuir. Ce fut bien autre
chose quand il entendit une voix rauque,
très forte, presque masculine, s'échapper
du fantôme et lancer cette interpellation :

— Eh bien mon neveu, est-ce donc la première fois que vous entrez dans un salon de bonne compagnie?

Vitrac, moitié par stupeur, moitié par loyauté, fut sur le point de répondre :

— Oui, ma tante.

Mais l'amour-propre le retint et aussi la pensée qu'il était victime de quelque colossale plaisanterie. Ne voulant point passer pour un sot, il se dirigea vers le fantôme, la main tendue. Tel devait être don Juan lorsqu'il affrontait la statue du Commandeur.

— Bonjour, ma tante, fit-il gaillardement. Tout ravi de faire votre connaissance.

Madame de Rimont ne prit point la main de son neveu, mais elle désigna le portrait, d'un geste hiératique souvent reproduit sur les stèles égyptiennes :

— Saluez d'abord le roi, dit-elle gravement. Ici, vous êtes chez lui.

Pour le coup Vitrac ne douta plus qu'il fût chez une folle, mais il fit bonne contenance et s'inclina devant la chapelle, sans comprendre, mais avec beaucoup de respect, toujours suivi par les regards fixes des deux vieilles.

Comme on ne lui disait pas de s'asseoir et que le fauteuil était à portée de main, il le prit, le retourna, et s'apprêta à s'y installer, quand deux cris perçants l'arrêtèrent au moment où le sacrilège allait s'accomplir. Madame de Rimont s'était mise debout, toute tremblante.

— Personne, dit-elle majestueusement, personne sauf le roi ne peut s'asseoir dans le fauteuil où s'est assis Charles X.

Vitrac, impressionné quoi qu'il en eût, repoussa le trône à sa place réglementaire, puis il resta debout, fort embarrassé, n'osant plus dire une parole, ni toucher un meuble, ni poser le pied sur un tapis. Ce trouble révérencieux ne pouvait échapper à madame de Rimont; il parut la satisfaire. S'étant rassise, elle indiqua au jeune homme un siège moins auguste et congédia Pétronille, d'un geste toujours pharaonien. Alors, dévisageant le nouveau venu, elle lui dit au bout d'un instant:

— Mon neveu, vous êtes fagoté d'une étrange sorte, probablement fort selon la mode. Mais vous avez beau faire : vous êtes Vitrac et Vitrac jusqu'au bout des ongles. Ce n'est pas un mauvais compliment.

Le visiteur remercia par un salut à deux fins qui pouvait être, suivant le cas, une concession à la démence ou un hommage à la famille. Cependant il n'était plus aussi sûr de parler à une folle.

— Mon neveu, reprit la comtesse allant droit au but, me feriez-vous la grâce de me dire si les gazettes racontent la vérité, en vous prêtant de si beaux projets d'alliance ?

Réné de Vitrac perdait de plus en plus sa première opinion sur l'état mental de la vieille dame.

— Je doute fort que les « gazettes » parlent de moi ni en bien ni en mal, dit-il évasivement.

— Vous en doutez ! fit-elle. Eh bien ! voyez 'plutôt, et dites si vous vous sentez fier.

Elle lui tendait le *Figaro* entre le pouce

et l'index, à l'endroit intéressant. Il prit le
journal, le lut, se frotta les yeux, relut
une seconde fois et le rendit à la comtesse
qu'il appela cette fois « ma tante » sans
hésiter. A cette heure, ce n'était pas madame de Rimont qui côtoyait de plus près
la folie, mais, à vrai dire, on serait devenu fou à moins. Cependant Vitrac était
trop de son époque pour ne pas savourer,
tout d'abord, la subtile volupté de voir un
journal s'occuper de lui, même en n'impri-
mant que son initiale. D'ailleurs il ne trouvait rien dans l'entrefilet qui sentît le blâme,
et son mariage était annoncé comme une
chose fort naturelle. *Son mariage!* Ainsi la
chose prenait une tournure. On en parlait
déjà.

« Mais comme ces journaux sont rensei-
gnés! » pensa-t-il avec plus d'admiration
que de rancune.

Quant à savoir d'où venait le renseigne-
ment, c'est une chose que son esprit léger
n'essayait pas. Ne lisait-il point chaque
jour, à cette même place, les plus secrets

desseins des chanceliers et des empereurs ?
Était-il plus malaisé de deviner les pensées d'un modeste employé aux Finances
qui, Dieu merci ! n'avait rien à cacher ?

Les yeux gris de madame de Rimont ne
quittaient pas ceux du jeune homme. Il se
sentit obligé de répondre à leur question
muette.

— Mon Dieu ! fit-il négligemment, le dernier mot n'est pas dit sur ce mariage, ou
plutôt c'est hier qu'on m'en a dit le premier. Et voilà, si j'ai bien compris, ce qui
me vaut l'honneur...

— Ne parlons pas d'honneur, interrompit la comtesse en étendant sa petite main
ridée. C'est une chose qui devient rare, je
le vois, même chez les Vitrac. Je croyais
que vous étiez mort à la guerre, comme il
convenait au dernier de votre maison. Dieu
est cruel de m'avoir détrompée.

— Oh ! pour ça, ma tante, je le regrette
puisque vous en êtes fâchée. Mais je vous
jure que ce n'est pas ma faute s'ils m'ont
pris tout vif.

— Est-ce qu'on se laisse prendre?

— Quelquefois, quand on a l'épaule en
compote, et, dans la main, un morceau de
lame bon tout au plus à ouvrir les huîtres.

La comtesse parut oublier subitement
pourquoi son neveu se trouvait en sa présence. Elle dit, regardant devant elle sans
voir, comme inspirée:

— Même chose advint à l'un des vôtres,
combattant à Poitiers. Les Anglais le firent
captif et le laissèrent aller contre sa promesse d'une rançon de vingt mille écus pa-
risis.

— Bien m'en a pris que les Allemands ne
me missent point à rançon. S'ils m'avaient
demandé seulement cinq louis, je n'aurais
pu leur dire: Tope!

— Ce n'est pas une raison pour faire un
mariage...

— Mais si, au contraire, c'est la meilleure des raisons. Quand on a, comme
l'aïeul dont vous parliez, vingt mille écus
dans sa poche, on épouse qui l'on veut.
Quand on n'a rien, on est moins difficile.

Tenez, ma chère tante, vous savez sur le
bout du doigt, j'en suis sûr, l'histoire de
ma famille et de la vôtre. Vous y trou-
veriez un exemple à citer pour toutes les
situations, sauf pour une seule, qui est
précisément la mienne. Les Vitrac, parmi
d'excellentes habitudes, avaient celle d'être
riches.

— Mourant de faim, ils n'auraient pas
épousé une comédienne. A propos, je pense
que vous vous ferez comédien ?

— Hé ! ma tante, l'amiral, mon oncle et
le vôtre, n'avait ni faim ni soif, que je
sache, quand il se fit Turc; ce qui ne valait guère mieux, peut être.

Les joues ridées de la vieille femme rou-
girent comme si l'opprobre eût daté de la
veille. Mais bientôt, redressant la tête, elle
dit :

— Vous blasphémez. Je regrette de vous
avoir fait venir, mais l'idée n'est pas de
moi. Depuis quarante-cinq ans, ces mu-
railles n'avaient rien entendu qui ressem-
blât à vos paroles. J'en demande pardon à

Celui dont l'image nous contemple. Donc nous allons nous quitter, pour toujours sans doute, mais pas avant que j'aie relevé votre défi. Non, monsieur, je ne suis point embarrassée pour vous montrer, par un exemple, comment on sait être pauvre chez nous.

Vitrac, machinalement, tourna les yeux vers la pendule, comme pour lui demander de sonner onze heures du soir. Il faut avouer qu'il ne trouvait pas précisément ce que faisait espérer à ses vingt-cinq ans le message d'une dame « jeune et jolie ».

— Ce ne sera pas long, commença la comtesse. N'ayez pas peur. Mais d'abord entendîtes-vous quelquefois parler du colonel de Rimont, lequel mourut en 1823 au siège de Cadix? Il était mon mari et le dernier de sa race. Après moi, nulle créature humaine ne portera plus ce nom.

— Je suis né trente ans après la guerre d'Espagne, fit observer Vitrac, et j'avoue...

— Il suffit. Je vois qu'il ne faut pas faire grand fonds sur vos souvenirs de famille.

Donc, je restai veuve, toute jeune, sans enfants, et plus pauvre que vous n'êtes, probablement. Le roi, par bonheur, vint à connaître mes embarras. Il en eut compassion.

— Hé, ma tante, s'écria l'incorrigible Vitrac, s'il y avait un roi...

— *Il y a* un roi, le petit-fils de mon bienfaiteur, et vous êtes chez lui, comme vous le verrez bientôt. Ses premières questions enfantines, ma bouche y a répondu. Je l'ai vu former ses premières lettres; souvent j'ai conduit son doigt sur ce globe de géographie. Car j'avais eu l'insigne honneur d'être attachée à la Maison de l'auguste enfant. Ce fut la joie, ce sera l'éternel honneur de ma vie. Que d'autres jugent de pareilles fonctions modestes! Je ne les aurais pas changées contre celles de surintendante du palais. Peut-être, monsieur, avez-vous entendu dire qu'il y eut une révolution en 1830 ?

— Oh! oui, dit le jeune homme, d'autant plus qu'elle acheva, j'ai oublié comment, de nous mettre sur la paille.

— Ce fut un malheur assurément. Toutefois elle en causa de plus considérables.
Quant à moi, je ne crains pas de dire que
je fus peu sensible à ceux qui m'étaient
personnels. Je perdais tout ce qui peut faire
l'objet des plus nobles, des plus tendres
affections de ce monde. Mais j'aurais de la
peine, sans doute, à vous faire comprendre
quelle fut ma douleur, le vide affreux, complet, qui se fit autour de ma vie, désormais
sans but. Un seul mot suffira : sans ma
foi de chrétienne, je me serais tuée.

— Est-ce possible ! s'écria Vitrac, ému
de l'évidente sincérité de cette douleur rétro-
spective.

— Je m'attendais à votre étonnement,
dit madame de Rimont. D'ailleurs, d'autres
que vous m'ont jugée folle. Plût au ciel,
monsieur, que vous ne fussiez pas plus fou
que moi ! Enfin, j'ai vécu. Mais, privée du
bonheur de suivre dans l'exil mes princes
bien-aimés, j'ai voulu m'exiler aussi, à ma
manière. Quoi ! j'aurais foulé chaque jour
cette terre dont ils étaient proscrits ! J'aurais

passé sous les murs de leur palais habité par d'autres ! Je me serais mêlée à la foule des parjures et des ingrats, moi qui aurais donné ma vie pour la fidélité et la justice ! Non, c'était impossible ! J'ai fui tout ce qui me rappelait des crimes odieux. A une époque terrible, ma mère avait caché Dieu chez elle : j'ai caché mon roi. Le voilà : son image consacre mon logis ; ses souvenirs l'embellissent ; mon dernier soupir s'exhalera sous ses yeux. Quand j'ai monté les marches que vous venez de gravir, j'ai fait serment de ne plus les descendre qu'une fois, clouée dans mon cercueil. J'ai fait serment d'être une morte, et je suis une morte en effet. Interrogez toute la terre et demandez si j'existe encore... Mais, pour vous, j'ai consenti à sortir du néant, car mes vieux os ont frémi quand j'ai su ce que vous vouliez faire. Marquis de Vitrac ! c'est un fantôme d'outre-tombe qui vous adjure de ne pas tomber dans l'infamie !

Madame de Rimont s'était redressée à mesure qu'elle parlait. Elle se tenait debout, foudroyant son neveu du regard, le touchant presque de son doigt décharné, toute tremblante d'une indignation passionnée. Elle était sublime, si elle avait sa raison ; effrayante, si la folie la faisait agir. Mais pour trancher la question, il ne fallait pas compter sur son neveu. Lui-même sentait ses idées vaciller dans son cerveau, se demandant quelle hallucination s'emparait de lui, s'il était encore de ce monde et bien réveillé, si quelque cauchemar lui troublait les sens ; ou même si son esprit, séparé de son corps, flottait dans des limbes inconnus, peuplés d'êtres bizarres. L'air, le costume, la voix de celle qui parlait ; son récit, son opinion sur les choses, tout, jusqu'à la forme de son langage, avait le caractère de l'étrange et de l'inusité. Il se demandait comment cette scène fantastique allait finir, s'il se retrouverait jamais, lui Vitrac, dans une rue peuplée d'êtres humains, vêtus, agissant, parlant comme lui. Quant à prononcer lui-même une parole, c'était un effort au-dessus de son énergie.

Fort heureusement la porte s'ouvrit, sans qu'aucun bruit de la sonnette eût annoncé la visite. Une jeune fille entra, coiffée d'une simple dentelle jetée sur ses cheveux blonds, assez grande, avec un front intelligent et un regard droit singulièrement sérieux pour les vingt ans qu'elle semblait avoir. Elle examina Vitrac d'un seul coup d'œil, sans embarras, mais surtout sans surprise.

Quant à lui, l'apparition de cette personne jeune, élégante et jolie dans ce milieu macabre, l'étonna d'abord comme aurait pu faire la rencontre d'un rosier couvert de boutons sur une banquise du pôle. Bientôt il reprit courage et ne douta plus qu'il fût encore du monde des vivants, tant la nouvelle venue semblait heureuse de vivre et peu faite pour le rôle d'esprit follet.

— Madame, dit la jeune fille d'une voix douce mais résolue, voici l'heure où j'ai coutume de vous lire la *Gazette*. Mais peut-être qu'aujourd'hui je vous dérange ?

— Pas le moins du monde, ma chère Henriette. J'ai fini de causer avec mon neveu, que je vous présente : monsieur le marquis de Vitrac. Et, quant à lui, j'ai tout lieu de croire qu'il vous pardonnera l'interruption. L'entretien d'une femme de mon âge n'est pas toujours agréable pour un homme du sien.

Les jeunes gens se firent ce salut à la mode qui est l'opposé de la danse arabe où tout remue, sauf les pieds. Leurs têtes plongèrent en avant ; pas un muscle du corps ne bougea. Vitrac commençait à se dégrossir.

— Bon Dieu ! quel drôle de salut ! s'écria la comtesse. Probablement, ce sont là vos belles manières, dans le monde de la basoche ?

Mademoiselle Henriette parut vexée et, sans dire un mot, prit sa robe à deux mains, fit une belle révérence de menuet, reprit la position et attendit la riposte.

Le marquis — il en est convenu plus tard — ne se sentit jamais plus gauche de sa vie. Tout en maugréant *in petto* contre madame de Rimont, il songeait :

« Ma tante est l'idéal du désagréable, mais elle a des lectrices terriblement jolies. Qu'est-ce que je pourrais bien dire à cette charmante créature, qui doit être, pour le moins, fille de duchesse ! »

Mademoiselle Henriette de son côté, faifait manœuvrer le heaume de saint Louis, ce qui était sa distraction favorite chez sa vénérable amie. En même temps elle regardait Vitrac dans la glace.

« Le voilà donc, pensait-elle, ce grand séducteur qui se fait adorer des actrices ! Qui le prendrait pour tel, à le voir et à l'entendre, ou plutôt à ne pas l'entendre, car il ne desserre pas les dents. C'était bien la peine d'être en avance d'un quart d'heure, tout exprès pour être éblouie ! »

Madame de Rimont jugea qu'il était temps d'intervenir pour sauver l'honneur de la famille.

— Chère petite, fit-elle, ne vous figurez pas que j'ai pour neveu un élève de l'abbé

7.

de l'Épée. Mais ce pauvre garçon est encore
tout ébaubi de mon histoire qu'il vient d'entendre, et le pire c'est qu'il n'en croit rien.

Les yeux de la jeune fille dirent à Vitrac :

« Vous avez tort. Mais il faut avouer
qu'on serait incrédule à moins. »

— Ma chère enfant, continua la comtesse,
voulez-vous apprendre à ce saint Thomas en
herbe quel jour je suis entrée ici pour la
première fois ?

— Le 2 août 1830, répondit la jeune fille
sans hésiter. Je le tiens de mon grand-père
à qui appartenait déjà la maison.

— Et combien de fois ai-je mis le pied
hors de cet appartement ?

— Jamais.

— Combien de personnes y sont entrées ?

— Depuis quinze ans, fit Henriette, avec
un sérieux parfait, je n'y ai rencontré que
mon père, Pétronille et les trois mousquetaires.

— Les trois mousquetaires ! reprit René
qui se retrouva du coup en pleine hallucination.

Son air de détresse mit le comble à l'amusement de la jeune personne. Elle répondit :

— Mais oui. Comme dans la légende, ils sont quatre. Au reste, monsieur, vous en connaissez déjà un.

— Je connais un mousquetaire ?

Mademoiselle Henriette éclata de rire : elle en avait trop envie depuis quelque temps. L'accès dura dix bonnes secondes, qui parurent courtes à Vitrac, tout ébloui de cet écrin de perles étincelantes, de cette floraison de fossettes roses, de cette cascade de notes argentines. Mais la comtesse fronça le sourcil. De son temps, une jeune personne avait tout au plus la permission de sourire devant un étranger. Elle dit à cette nymphe par trop joyeuse :

— Chère petite, ma pauvre vieille compagne a besoin de vous pour enfiler ses aiguilles. Dans cinq minutes je suis à vous.

La jeune fille comprit, fit une seconde révérence à Vitrac et le laissa seul avec son austère tante.

— A présent, mon neveu, résuma celle-ci,

nous allons nous quitter. Que Dieu et les
âmes de nos parents vous éclairent ! J'ai fait
mon devoir. Libre à vous, à présent, de
traîner dans la boue le cher vieux nom.

Les yeux fixés sur une certaine porte,
René semblait réfléchir et madame de Rimont supposa, peut-être à tort, qu'il pensait à sa comédienne. Au bout d'un instant,
il dit :

— Mais, ma tante, nous n'avons pas
abordé le cœur du sujet. Il est question, je
l'avoue, d'un mariage un peu en dehors des
règles, et, par parenthèse, il y a vingt-
quatre heures qu'on m'en a dit le premier
mot. Connaissez-vous madame Lepiez? Pou-
vez-vous m'affirmer qu'elle est de celles
qu'un galant homme n'épouse pas? Pouvez-
vous me citer quelque trait de sa vie qui
soit contre elle? En ce moment vous n'êtes
pas libre, mais permettez-moi de revenir.
Vous vous renseignerez, nous causerons, et
vous verrez que je ne suis pas si dénaturé
que j'en ai l'air — puisque j'en ai l'air, à
ce qu'il paraît.

A son tour, la comtesse réfléchissait. Tout
à coup une inspiration sembla lui venir :

— Mon neveu, dit-elle, soyez chez moi
demain à cette heure-ci. Pour aujourd'hui,
je vous congédie.

Elle lui tendait la main. Il fit craquer
dans la sienne les pauvres vieux doigts des-
séchés. La comtesse poussa un cri de douleur et d'indignation tout à la fois.

— Mon neveu, fit-elle, baiser la main
d'une femme est une des choses que doit
savoir un gentilhomme. Pendant que vous
l'êtes encore, apprenez.

Était-ce le langage, nouveau pour lui,
qu'il entendait ? Était-ce l'éclat de cette majesté de la vieillesse et du malheur ?... Qui
sait ? n'était-ce pas un autre rayon plus doux
qui venait de montrer à cet égaré le chemin de Damas ? Quoi qu'il en soit, Vitrac
se sentait fort ému. Fléchissant un genou,
il mit ses lèvres sur la main qu'on lui tendait dans le vrai style. Lui-même avait
si bon air, que madame de Rimont ne put
s'empêcher de lui dire :

— C'est bien, mon neveu. Il sert toujours d'avoir de la race.

Il sortit : mademoiselle Henriette rentra et se mit à sa tâche quotidienne.

La *Gazette* achevée sans incident, la comtesse baisa au front, comme d'habitude, sa lectrice ordinaire. Celle-ci mourait d'envie d'entendre parler de Vitrac, mais elle n'eut point ce plaisir. Toutefois, en la renvoyant, la comtesse lui commanda du ton impératif qui lui revenait naturellement :

— Mon cœur, demandez à votre père qu'il monte chez moi demain à cette heure-ci. Vous voudrez bien ne pas l'accompagner.

— Et la *Gazette*, madame?

— La *Gazette*, ce sera lui qui m'en tiendra lieu, petite.

Mademoiselle Henriette crut que la nuit ne finirait jamais, tant sa curiosité la tenait éveillée.

X

Le lendemain, Vitrac fut le premier chez sa tante; il lui baisa la main comme s'il n'eût fait que cela toute sa vie.

— J'ai bien vu, dit-elle, ce qui vous passait dans la tête hier soir. Vous pensiez que les vieux juges ne sont pas les meilleurs, quand il s'agit de certains procès. Peut-être même trouviez-vous que votre tante est un peu folle.

René, poliment, commençait à protester. Madame de Rimont l'arrêta d'un geste et continua :

— J'ai mandé chez moi, pour vous éclairer, un homme que vous allez voir. Il n'a pas les préjugés de mon époque, puisqu'il est jeune relativement; ni ceux de ma naissance, puisque c'est un bourgeois. De plus il connaît Paris comme sa poche. Nous lui soumettrons votre cas, et vous entendrez son opinion qui sera sincère, car, sur ma parole, il ne sait rien. J'avoue qu'il peut pécher à vos yeux par trop de gravité dans ses mœurs; mais, de bonne foi, vous n'exigez pas que je compte un débauché parmi mes connaissances, — réserve faite, comme toujours, pour les personnes présentes.

Vitrac salua, d'un air de bonne humeur. Il se sentait porté par la sympathie vers cette vieille femme — sa seule parente — qui avait tant d'esprit et tant de bon sens à ses heures!

— Ma bonne tante, dit-il, je vous assure que je ne suis point un débauché. Et, si vous n'en connaissez pas d'autres...

Madame de Rimont leva les yeux au ciel d'un air de doute et plongea ses narines dans un mouchoir saturé d'eau de Cologne.

— Pourtant, gémit-elle, ce n'est point du parloir d'un couvent que vous m'apportez cette affreuse odeur de tabagie. Mon neveu! mon neveu! la pipe ne va pas sans l'estaminet, l'estaminet sans les cartes, les cartes sans les usuriers, et les usuriers sans Clichy où j'ai vu s'échouer tant de fils de famille!

Vitrac allait répondre que, de nos jours, les fumeurs ne se cachent plus pour s'abandonner à leur vice, que les estaminets ont eu le sort des léproseries, qu'on rencontre les cartes comme le tabac : un peu partout; que les usuriers prêtent leur argent comme ils donnent leurs filles : aux millionnaires; enfin que la prison de Clichy était à vendre, sans pouvoir trouver acquéreur.

Mais il n'eut pas le temps d'entamer ce chapitre de l'éducation supplémentaire de sa tante. La porte s'ouvrit; Pétronille annonça :

— Monsieur Flamel.

En reconnaissant Vitrac, l'ancien notaire
fut saisi, tout d'abord, d'un immense
étonnement; puis de cette effroyable angoisse du criminel pris sur le fait, qu'il
comptait bien ignorer jusqu'à la fin de
sa vie.

Certes, rien ne pouvait atteindre son
intégrité professionnelle ni sa réputation
d'honnête citoyen. Mais, habitué à découvrir d'un seul coup d'œil l'ensemble d'une
situation et de ses conséquences, Flamel
entrevoyait des abîmes sous ce phénomène
encore inexpliqué : la présence de Vitrac
chez son imposante locataire. Dans le
regard qu'il jeta sur le jeune homme, il
y avait la terreur intense de tout être
animé, bête ou homme, pris dans un piège
complètement inattendu. Vitrac, au contraire, avait été mis sur ses gardes par
l'exposé de sa tante, bien qu'il fût à cent
lieues de soupçonner devant quel juge on
allait le faire comparaître. Il resta capable
d'observer, et la terreur de Flamel ne passa
point inaperçue pour lui. Restait à savoir

pourquoi cette détresse était si grande. Il attendit les événements, prévoyant d'instinct qu'il allait avoir la comédie et que le personnage le plus difficile ne serait pas le sien.

Cependant le bonhomme présentait ses respects à la comtesse avec beaucoup d'obséquiosité, presque humblement.

— Bonjour, bonjour, mon cher monsieur Flamel dit la douairière sans tendre la main. Votre fille vous a fait ma commission, à ce que je vois. La santé toujours bonne?

— Et la vôtre, madame la comtesse?

— Heu! heu! il y aurait beaucoup à dire là-dessus. Mes jambes me punissent par où j'ai péché. Ce sont elles, maintenant, qui ne veulent plus m'obéir et qui me condamnent à rester enfermée. Toutefois, je ne vous ai pas fait venir pour vous parler de ma vieille personne. Je vais vous dire ce qui m'occupe. Avant tout, je vous présente au marquis de Vitrac, mon neveu.

Flamel, vu son âge, aurait pu réclamer sur le rôle de *présenté* qu'on lui donnait.

Toutefois il n'eut garde et salua le marquis, comme il eût salué un mandarin débarquant de la Chine.

— Mon neveu, commença la comtesse, voici l'homme dont je vous parlais. Avant lui, son père possédait cette maison, comme vous le disait hier ma petite amie.

— Monsieur le marquis connaît ma fille? questionna Flamel, du même air rassuré qu'il eût dit : « Faudra-t-il aussi me couper la jambe droite? »

— Il a vu Henriette, fit la tante. Mais laissez-moi continuer. Mon neveu, maître Flamel que voici était notaire, je dis un des bons notaires de Paris. C'est un fort honnête homme, estimé de tous, qui n'a que deux défauts : il gâte sa fille le matin, et, le soir, il la laisse trop souvent seule pour aller faire sa partie de dominos chez un ancien confrère.

René commençait à s'amuser prodigieusement. Sans pitié, comme on l'est à son âge, il demanda en ayant l'air de fouiller dans ses souvenirs :

— Monsieur Flamel, ne nous serions-nous pas rencontrés quelquefois chez l'ancien confrère en question?

— Non, monsieur, répondit le malheureux avec un regard qui aurait attendri une panthère. S'il vous plaît, je n'ai jamais eu l'honneur de vous apercevoir. Mais j'ai hâte de savoir ce que madame la comtesse attend de moi.

— Lisez d'abord ceci, ordonna la vieille femme.

Elle indiquait du même geste une chaise près de la table et le fameux *Figaro* étalé sous la lampe.

Flamel s'affaissa. Vitrac, charitablement, lui désigna l'article. L'ancien notaire mit son binocle d'une main qui tremblait comme la feuille, et déchiffra, ligne par ligne, l'entrefilet qu'il avait toutes les raisons du monde pour trouver bien écrit.

— Maintenant, reprit la comtesse, il faut vous dire que « le marquis de V... » est sous vos yeux.

Flamel sembla tomber des nues. Son talent de comédien lui revenait petit à petit.

— Mon neveu, comment s'appelle cette... personne? interrogea la comtesse qui dirigeait les débats avec le sang-froid d'un juge.

Vitrac s'amusait toujours, mais il commençait à se demander s'il n'avait pas lieu, plutôt, d'être fort en colère. Il répondit, prévoyant que la lumière allait venir, et aussi la vengeance :

— Ma tante, je vous ai déjà dit son nom : madame Lepiez.

— Faut-il pas que je le porte gravé dans mon cœur? gronda la comtesse. Eh bien! monsieur Flamel, voulez-vous dire à mon neveu si le marquis de Vitrac peut épouser cette créature? La connaît-on? qu'a-t-elle fait? D'où vient sa fortune? C'est votre métier de renseigner les familles, en pareil cas.

Flamel tira un foulard de sa poche et s'essuya le front, sous couleur de se moucher. Il répondit avec une mauvaise humeur évidente :

— Pardon ! *C'était* mon métier. A cette heure, je suis en retraite. D'ailleurs, eussé-je encore l'honneur d'exercer, je ferais mes réserves. Monsieur le marquis lui-même voudra bien convenir que le rôle d'un notaire est parfois le rôle d'un confesseur.

— Tiens, tiens ! fit Vitrac en regardant son homme d'un œil peu tendre,. est-ce que par hasard monsieur Flamel aurait servi de père spirituel à la dame en question ?

L'ancien notaire leva les bras au ciel, très agité. Il ressemblait beaucoup moins à un directeur de consciences qu'à un diable prenant un bain forcé dans un baptistère.

— Monsieur le marquis ! gémit-il ; vous n'y pensez pas. Comment pourrais-je connaître madame... j'ai déjà oublié son nom ! Notez bien que je n'en dis point de mal. Je m'abstiens, faute de pouvoir juger. Est-ce que j'ai l'air d'un écervelé qui connaît les actrices ? En ai-je la réputation ? De grâce, madame la comtesse, ne faites point attention à une plaisanterie de jeune homme. N'en soyez pas scandalisée.

— Vertu de ma mère! s'écria madame de Rimont, je le serais à moins, et je ne sais lequel de vous deux me scandalise davantage. Est-ce que j'ai le cauchemar? Est-ce qu'un Vitrac épouse une femme qui a mis le bout de son pied sur les planches, quand elle serait, d'ailleurs, bonne à canoniser? Et vous, Flamel, vous que je m'attendais à voir bondir à mon premier mot, vous êtes là, tranquille, profond, réservé, comme s'il s'agissait d'un mariage tout ordinaire! Vive Dieu! je souhaite qu'un jour votre fille vienne vous apprendre qu'elle s'est coiffée d'un comédien! Comptez sur moi pour lui faire la morale, mon brave!

Flamel pris entre deux feux comprit que la position devenait intenable. Il se leva et dit sur le ton d'autorité qu'il prenait jadis dans son cabinet:

— Madame la comtesse, on ne fait rien de bon quand on s'emporte. Ce n'est point la manière de prendre les jeunes gens. Permettez que je me retire avec votre neveu. Je lui parlerai; il me donnera ses raisons ; je lui exposerai les vôtres. Rien qu'à le voir, je devine qu'il est homme à comprendre les exigences de certaines situations. Monsieur le marquis, voulez-vous me faire l'honneur d'entrer chez moi, en descendant ? Nous causerons sans crainte de scandaliser personne.

L'ancien notaire poussa un soupir de soulagement quand il se trouva sur le palier, en compagnie du pécheur qu'il était chargé de convertir. D'un geste, il arrêta René de Vitrac qui ouvrait la bouche.

— Pas ici ! supplia-t-il. Rien d'indiscret comme un escalier.

Cinq minutes après, derrière la porte bien rembourrée du sanctuaire de Flamel, ces deux augures se regardèrent tout à leur aise, mais sans la moindre envie de rire. Le jeune homme avait réfléchi, tout en descendant les quatre étages. La vérité lui apparaissait, quoique encore confuse. Il s'en fallait qu'il fût un sot, et, de ses deux colloques avec sa tante, il rapportait comme des bouffées d'un air nouveau pour lui.

Mais surtout, le prestige de son compagnon venait de sombrer sous ses yeux. Flamel n'était plus qu'un galantin cachant ses exploits dans l'ombre, et, du même coup, l'étoile de Rose pâlissait. Sans autre préambule il dit au bonhomme qui ne reconnaissait plus son Vitrac de la rue de la Faisanderie :

— Monsieur Flamel, savez-vous bien qu'à mon meilleur ami je couperais les oreilles, s'il se prêtait à certains complots contre moi? Qu'est-ce que toute cette comédie? Vous ne m'avez jamais vu? Madame Lepiez est une inconnue pour vous?... L'idée vous serait-elle venue, par hasard, de venger vos arrière-grands-pères, et de faire épouser par un gentilhomme la favorite d'un bourgeois ?

Il faut dire à la louange de l'ancien notaire qu'il vit par-dessus tout, dans cette tirade menaçante, l'accusation portée contre son vieux renom d'honnête homme. Il releva la tête et répondit, non sans une certaine dignité relative :

— Monsieur le marquis, l'article du *Figaro* ne s'est pas fait tout seul. Voulez-vous venir à l'imprimerie ? Vous demanderez qu'on vous laisse voir le manuscrit. S'il n'est pas de ma main, je vous autorise à dire partout que le père Flamel est une canaille.

— Bon, fit le jeune homme ; j'admets que l'article est de vous. En quoi cela change-t-il vos mérites ?

— Hé ! monsieur, si j'avais eu envie de voir la noce dans l'église, croyez-vous que j'aurais mis tant de zèle à sonner la messe ?

— Il valait mieux encore refuser de la servir.

— Monsieur le marquis, vous ne connaissez pas Rose. Elle m'aurait mis à la porte comme un chien. Et les chiens de mon âge tiennent à leur niche.

— N'importe, monsieur Flamel. Si ma tante savait à quoi s'en tenir sur ce qu'elle nomme : « la gravité de vos mœurs » !... En bon français, je crois que cela se nomme : être hypocrite.

Un éclair brilla sous la paupière du bonhomme. Il faut être un saint pour ne pas saisir l'occasion de se venger d'une algarade subie par force. Le père Flamel n'était pas un saint, et l'occasion était assez bonne. Il dit en élevant le ton peu à peu :

— Madame la comtesse ne serait probablement pas si sévère que vous. Dieu merci ! elle a conservé toute sa mémoire. Elle se souviendrait du jour où elle vint chez mon père, ici où nous sommes, pour le... consulter sur une situation qui ne laissait pas d'être embarrassante. Fort heureusement... pour mon père, un appartement plus que modeste de sa maison était libre. Depuis quarante-cinq ans, aucun détail désagréable n'est venu, du moins je l'espère, rappeler à madame de Rimont qu'elle habite chez les autres.

Le jeune homme avait compris.

— Pauvre tante ! soupira-t-il. Comme elle doit souffrir !...

Une fois encore, l'œil du vieux bourgeois brilla de malice. Le brave homme, à coup

sûr, n'avait point la haine de la noblesse.
Il l'aimait, au contraire, et l'on vient de
voir qu'il était prêt à la servir, mais sous
réserve de lui dire son fait à l'occasion.
J'ai entendu affirmer que les Flamel sont
assez nombreux en France.

— Monsieur le marquis, riposta l'ancien
notaire, ne plaignez pas trop madame votre
tante. Elle a deux grands bonheurs. Le
premier — qu'elle mérite sans conteste —
est d'inspirer le respect et le dévouement à
quiconque l'approche. Le second — qui est
de la modestie — consiste à croire qu'elle
n'est pour rien dans l'affaire. Tout ce qu'on
lui donne est prêté au roi : c'est le roi qui
paiera. Je dois être anobli à l'issue du premier *Te Deum*. Ma fille doit être demoiselle d'honneur. Pétronille, sœur de lait de
madame la comtesse, et qui la sert pour la
gloire, se contentera d'une grosse pension,
réversible en partie sur la tête de son
neveu.

— Pauvre tante ! répéta Vitrac.

Puis, tendant la main à Flamel :

8.

— Je ne sais pas si vous serez jamais baron, dit-il. Mais, tel que vous êtes, je vous estime du fond du cœur.

— Peuh ! répondit Flamel, je n'ignore pas que je suis une vieille bête, allez ! C'est bien le moins que je tâche de balancer mon compte, et que la Chaussée-d'Antin paye pour la rue de la Faisanderie.

XI

Ainsi, grâce aux menées ténébreuses de l'ancien notaire, les rêves d'amour et d'ambition de Rose Lepiez s'évanouirent en fumée.

Du même coup, madame de Rimont retrouvait un neveu, et rien ne fut touchant comme la réunion de ces débris isolés de deux familles disparues. En huit jours, la comtesse devint folle de René. Elle en rabâchait à Henriette Flamel qui, c'est une justice à lui rendre, écoutait fort patiemment les dithyrambes de sa vieille amie. Celle-ci disait:

— Voyez-vous, mon enfant, il n'y a rien comme la race. M. de Vitrac, dans ses habits râpés, n'a-t-il pas cent fois plus grand air que les godelureaux tirés à quatre épingles du salon de votre père? Il allait faire une grosse bêtise. Je lui dis un mot, je fais parler en lui le vieux sang, et voilà un homme transformé. Il est charmant, avec cela. Si j'avais vingt ans, il me ferait tourner la tête et l'on verrait une alliance de plus entre deux des meilleures maisons d'Auvergne. Sans son épaule, nous en ferions un capitaine de chevau-légers. S'il faut se rabattre sur quelque ambassade, nous en passerons par là. Ce ne sera pas le premier de son nom qu'on verra diplomate.

En attendant, Vitrac était le modèle des neveux. Bientôt il prit l'habitude de gravir plusieurs fois par semaine les cinq étages de madame sa tante. Quand il était trois jours sans se montrer, on était sûr qu'un citoyen à médaille pénétrait le lendemain au ministère des finances, porteur d'un

billet. Il en venait des grands et des petits,
des gras et des maigres, des jeunes et des
vieux, mais toujours Auvergnats, comme
Pigagniol, qui commençait à serrer la main
des huissiers. Un soir, le jeune marquis dit
à madame de Rimont :

— Ma chère tante, vous vous ruinez en
courses de commissionnaires. Pourquoi ne
m'écrivez-vous point par la poste, tout simplement ?

— Ne vous inquiétez pas pour ma bourse,
beau neveu, répondit la comtesse. Tous ces
braves gens sont trop heureux de faire plaisir
à la dernière descendante d'une famille de
leur pays, à une vieille amie du roi. Ils
savent bien qu'ils ne perdront pas pour
attendre. Croyez-vous que c'est Pétronille
qui monte mon bois, mon eau et frotte
mes parquets ? La pauvre fille serait morte
depuis vingt ans. D'ailleurs, la poste arrive
Dieu sait quand. Un exprès est plus sûr.
Et puis, je ne me soucie point que la police
ouvre mes lettres.

Madame de Rimont, en effet, n'avait pas

d'enthousiasme pour les progrès étourdis-
sants réalisés dans l'univers depuis un demi-
siècle. Pour mieux dire, elle en ignorait la
plupart. Un chemin de fer, un bateau à
vapeur, un télégraphe électrique, un omni-
bus même étaient des choses inconnues pour
cette recluse. Elle en voyait les noms dans
la *Gazette*, sans fatiguer, à les comprendre,
son intelligence lassée par un bouleverse-
ment trop subit et trop complet dans sa
vie. Même elle n'aimait point qu'on cher-
chât à lui expliquer toutes ces merveilles
suspectes. Que lui importaient ces transfor-
mations sans utilité pour elle, tant que le
roi ne serait pas revenu?

Quant à cette dernière entité, un peu plus
qu'humaine, elle s'était voilée peu à peu,
d'un brillant nuage d'irréel qui, pour la
rendre confuse, ne lui ôtait rien de sa majesté. Le petit prince de dix ans était devenu
un jeune homme; puis il n'avait plus changé,
à l'exemple de ces demi-dieux qui conser-
vaient éternellement leur beauté, leur jeunesse et leur force. Madame de Rimont

serait morte de saisissement, si, devant ses
yeux, le dernier Bourbon eût paru tout à
coup avec sa tête grisonnante.

Il arriva, d'ailleurs, cette chose imprévue
qu'en retrouvant son neveu elle perdit sa
Gazette, c'est-à-dire le dernier lien qui l'attachait au monde extérieur. Vitrac avait pris
l'habitude — fort méritoire assurément —
de venir tous les jours et d'arriver juste à
l'heure où mademoiselle Henriette montait
l'escalier, sa jolie tête blonde au vent, pour
accomplir sa tâche quotidienne de lectrice.
Quelquefois les deux jeunes gens se ren-
contraient sur le palier de Flamel, et ces
jours-là, on aurait pu croire qu'ils étaient
octogénaires, à en juger par le temps employé pour gravir quatre étages. Au lieu
de lire, on bavardait. Madame de Rimont
faisait d'abord sa partie dans la conversation, puis son menton s'appuyait doucement
sur le linon de sa collerette, et l'on bavardait encore, mais plus bas. Quelquefois on
ne disait rien, ce qui est pire. Tout le monde
sait par expérience qu'il faut se méfier

quand les enfants ne font plus de bruit.

Toutefois la comtesse ne se méfiait pas.
On aurait dit qu'elle n'en savait pas plus
long sur les vieilles inventions que sur les
nouvelles. L'amour lui semblait inconnu, à
l'égal de l'électricité et de là vapeur. Mais,
s'il y avait peu d'apparence qu'une locomo-
tive entrât jamais dans son appartement,
il n'en était pas de même de l'amour. Il
marchait sous ses yeux aussi vite qu'un
express, bien qu'avec moins de bruit ; et les
voyageurs eux-mêmes ne se doutaient pas du
chemin qu'ils faisaient. Mais ils trouvaient
leur voyage le plus charmant du monde.

La veille de Pâques, la jeune fille et sa
respectable amie eurent une conférence mys-
térieuse qui sembla les intéresser beaucoup,
principalement la moins âgée. Quand Vitrac
parut, sa tante lui dit, conformément au
programme arrêté par Henriette, qui, sans
en avoir l'air, faisait la pluie et le beau
temps dans la maison :

— Mon neveu, je vous invite à dîner
pour demain, en compagnie.

Un dîner chez madame de Rimont ! Le neveu, d'abord, parut tout ébahi ; puis il demanda, les yeux fixés sur Henriette à qui la question ne déplut point :

— A dîner... avec mademoiselle, sans doute ?

— Oh ! non, fit « mademoiselle » en secouant sa tête blonde. C'est un dîner d'hommes qui a lieu, chaque année, à pareil jour. Vous dînerez... avec les mousquetaires.

Quoi qu'il essayât, René dut partir avant d'être mieux renseigné, avec l'ordre, donné par sa tante, de n'arriver qu'à sept heures. Mais Henriette trouva moyen de lui dire, sans que la comtesse l'entendît :

— Vous pouvez être d'un quart d'heure en avance.

Le jour de Pâques, à six heures quarante-quatre minutes, Vitrac se montra, paré, à tout événement, de l'habit noir qui lui allait si bien, au dire de Rose. Commandé tout spécialement pour la rue de la Faisanderie, cet habit venait atterrir Chaussée-d'Antin ! Mystères de la destinée !

Dans le salon, une table de six couverts se dressait, autour de laquelle voltigeait une jeune servante en tablier blanc, fort affairée aux derniers préparatifs. Elle avait la main blanche et le poignet fin, tellement que Vitrac y posa ses lèvres et les y laissa un siècle, quand il vit que madame de Rimont, sans doute retenue à sa toilette, n'était pas là pour réclamer son droit de priorité.

— Oh ! monsieur, ne me retardez pas, dit Henriette, car c'était elle. Dans un instant les invités vont venir, et il faudra que je disparaisse. Pétronille a tant de besogne à la cuisine qu'elle ne peut pas m'aider.

Vitrac s'offrit comme auxiliaire à défaut de Pétronille. La besogne ne marcha guère plus vite, mais le bavardage alla bon train.

— Quel dommage, fit René, que vous ne dîniez pas avec nous !

— Je donnerais tous mes bals du printemps pour être le septième convive, répondit la jeune fille. Vous voir assis comme

le maître de la maison, en face de votre
tante!...

— Comment! s'écria Vitrac. Moi, au milieu de la table, avec quatre messieurs que
je ne connais pas! Mon Dieu! qu'est-ce que
je vais leur dire?

— Est-ce que, par hasard, vous seriez
timide? questionna Henriette avec un sérieux parfait.

—Hélas! trop timide. Si je l'étais moins...

— Qu'est-ce que vous feriez?

— Je... je vous dirais...

Mademoiselle Flamel, sous prétexte de
vérifier la fraîcheur des roses, plongea son
joli nez dans la corbeille du surtout. Ainsi
une chasseresse à ses débuts se cache derrière un buisson quand elle croit qu'un
fusil va partir. Mais le fusil de Vitrac ne
partit point.

— Je vous dirais, acheva-t-il, je vous aurais dit depuis longtemps... combien je suis
touché de vos bontés pour ma tante.

— Là! répondit-elle avec un sourire tant
soit peu moqueur, voilà qui est fait: vous

me l'avez dit. Je vous avais calomnié : vous n'êtes point timide. Voyons ! ne prenez pas l'air furieux.

Il riposta, perdant un peu la tête, comme autrefois, quand il sabrait les Prussiens.

— Je suis furieux, mais ce n'est pas contre vous. Et pourtant, j'aurais droit de l'être. Vous vous amusez de mon silence — qui est mon malheur. Ah ! mademoiselle, si vous étiez à ma place, vous ne ririez pas tant et, surtout, vous ne seriez point surprise qu'on ait parfois la langue un peu gênée.

Elle regarda son interlocuteur, et vit dans ses yeux une lueur humide. Elle comprit clairement alors ce qui faisait souffrir René, et son cœur tressaillit de joie dans sa poitrine à cette découverte désirée. Vitrac continua, tout à son amertume :

— Voudriez-vous que je fusse comme ma tante qui trouve qu'elle peut prétendre à tout et qui accepterait les trésors des Indes en disant : « Le roi vous le rendra ! »

— Pourquoi pas ? répondit Henriette qui

était devenue fort sérieuse. Il y a plus d'un roi sur la terre. Votre tante a mille fois raison et je l'adore. Ce que j'ai fait pour elle, ce que je ferai, n'est qu'un placement à gros intérêts. J'en serai récompensée : *le roi me le rendra !*

Elle parlait, les yeux brillants, le visage animé comme une jeune sibylle. Vitrac, n'osant croire ses oreilles, allait oublier tous les obstacles et tomber aux genoux de cette créature si parfaite en grâce et en bonté. Mais, à cet instant, l'heure sonna sous les fleurs de lis de la pendule, et madame de Rimont fit son entrée, marchant avec peine, mais toujours droite, la tête haute, les plis neigeux de son mouchoir s'échappant de ses mains croisées à la taille. En même temps, la cloche tinta dans l'antichambre.

— Les mousquetaires ! je me sauve ! dit Henriette qui s'envola comme un oiseau.

Vitrac fut tiré subitement de son rêve, mais il crut retomber dans un autre. Quatre hommes entraient qu'il reconnut aussitôt,

bien qu'ils eussent échangé la veste de velours à côtes contre des redingotes, la plupart dignes d'être classées parmi les monu-
ments historiques. Pigagniol marchait en
tête : c'était évidemment le *leader* de la
bande. Ensuite venait Massebœuf, courbé
par l'âge, à la veille de retourner pour toujours au doux pays d'Auvergne; puis Lapouzade, le colosse, celui qui porte un piano
sur ses reins, en montrant ses dents blanches
dans un sourire qui fait hurler de terreur
les enfants sur les bras de leurs bonnes.

Batifoulier fermait la marche, en sa
qualité de plus jeune, et la pensée qu'il
allait s'asseoir pour la première fois à la
table de « madame la comtesse » paralysait
tous ses moyens, quoiqu'il fût jugé l'un
des esprits supérieurs de la corporation.

Les « mousquetaires », évidemment stylés
d'avance, commencèrent par saluer le roi:
puis ils s'inclinèrent devant madame de
Rimont avec la grâce d'hercules ramas-
sant des haltères de cent kilos. Enfin ils
offrirent leurs respects à Vitrac muet d'é-

tonnement. Presque aussitôt l'on se mit à table.

Tandis que les quatre Auverpins, drapés dans leurs serviettes comme des Grecs de Phidias dans leurs chlamydes, faisaient disparaître les aliments, la comtesse apprit à son neveu les origines et le but de la réunion. Depuis quarante-cinq ans, les commissionnaires du quartier la servaient gratuitement, portant ses lettres, montant son bois et son eau, cirant son parquet. Dans le principe, les premiers « mousquetaires » — tous morts depuis longtemps — se livraient à ces travaux par amour pour Pétronille, alors jeune et jolie; mais madame de Rimont ne doutait pas que le dévouement au roi ne fût le seul mobile de ces braves gens. Depuis, cette corvée volontaire avait passé en usage, et, peu à peu, de génération en génération, ces braves gens avaient fini par considérer la comtesse comme une sorte de suzeraine, à laquelle tout loyal enfant de l'Auvergne devait tribut. Elle, de son côté, fidèle aux

vieilles coutumes de sa famille, faisait à
ses tenanciers l'honneur de les inviter à sa
table une fois l'an, et tout le monde était
quitte, en attendant mieux.

Pétronille passait les plats sans quitter
de l'œil les verres de ses compatriotes. Au
début il fallait user de force pour les remplir. Vers la fin, ce n'était plus la même
chose; mais les Auvergnats ont le vin si-
lencieux. Sauf un cliquetis de mâchoires,
on se serait cru dans la chambre d'un malade.

Au dessert, Pétronille fit un signe et Pigagniol, se levant, tira de sa poche un discours dont Vitrac reconnut l'écriture. Il
savait, à cette heure, que c'était l'écriture
d'Henriette. Le compliment fort bien
tourné, un peu moins bien lu, était une
innovation en l'honneur de Vitrac, bien
qu'en apparence il s'adressât à la dame du
logis. Mais l'orateur, après un paragraphe
de « remerciements » à la tante, passait au
neveu et ne l'abandonnait plus. Tout ce
qu'une imagination de vingt ans, point

blasée, toute fraîche encore et même naïve peut dire à un beau jeune homme par l'entremise d'un commissionnaire auvergnat, René l'entendit en ce jour mémorable. Il va de soi que l'éloge dominait. Si Pigagniol avait eu le moindre bout de palme verte cousu à ses revers, et si le héros du panégyrique n'eût point été là, on aurait cru entendre un académicien lisant son discours sur la tombe du dernier des Vitrac.

La péroraison s'inspirait du dénouement de *la Dame Blanche*, la grande prédilection d'Henriette. Elle mit des larmes dans les yeux de tout le monde, même dans ceux du jeune gentilhomme à qui l'on faisait entrevoir un heureux retour dans le château de ses aïeux; ce qui était, pour le moment, lui promettre force courants d'air. Il va sans dire que cette restauration était précédée d'une autre, plus importante au point de vue général.

Lapouzade sanglotait, rien que pour une simple évocation du « cher pays d'Auvergne ». Pétronille avait dû s'enfuir à la

9.

cuisine. Madame de Rimont, toujours
droite comme une statue ne s'apercevait
pas que de grosses larmes roulaient sur sa
collerette. Pauvre femme ! comment n'au-
rait-elle pas pleuré tandis qu'on remuait
son pauvre vieux cœur en lui parlant des
trois amours de sa vie : l'Auvergne, la
gloire de sa famille et le roi !

Pigagniol termina par un toast multiple
dont les noms se devinent aisément. On
cria : « Vive le roi ! vive madame la comtesse ! vive monsieur le marquis ! » Pétronille, rentrée en scène, prit sous son bonnet d'ajouter : « Vive mademoiselle ! » et,
sans humilier personne, ce fut elle qui eut
le succès de la soirée. D'ailleurs elle en fut
digne par sa prudence à en user. Elle connaissait les Auvergnats et savait qu'il vient
un moment où ils font prise avec la table,
de même que le ciment durcit à l'humidité.
Elle les poussa dehors tout doucement et,
pour la première fois de la journée, la
tante et le neveu se trouvèrent seuls.

Pour un simple dé à coudre de Malaga

qu'elle avait bu, la comtesse voyait tout en
rose, à commencer par Vitrac. Il était loin
le jour où elle l'avait à peu près mis à la
porte de chez elle! Si son appartement
avait eu quelques mètres carrés de plus,
elle lui aurait offert une chambre séance
tenante. Le plus fort c'est que le jeune
homme n'aurait pas dit non. L'immeuble
offrait tant d'avantages!

N'allez pas croire, d'ailleurs, que madame
de Rimont fût de l'avis de *la Dame Blanche*.
Nous avons tous un coin d'égoïsme, et je
gage que saint Vincent de Paul songeait à
lui-même parfois, tandis qu'il courait les
rues, la nuit, pour ramasser les enfants
dans la neige. C'était bien pour elle, s'il
vous plaît, que la comtesse avait ramassé
son neveu!

— René, mon ami, vous viendrez me
voir tous les jours.

— Oui, ma tante; sur les cinq heures.

— Vous vous logerez le plus près possible de ma maison.

— Oui, ma tante; en face, si c'est possible.

— Et vous ne me quitterez plus. Je crois que je vous ai guéri des mésalliances. Voyons, soyez franc : regrettez-vous cette dame?...

— De grâce, ne m'en parlez plus, si vous ne me voulez faire mourir de honte.

— A la bonne heure! Nous n'en parlerons plus. Et vous verrez qu'il n'y a tel que le célibat.

— Oui, ma tante, mais il est triste de vieillir sans enfants.

— Hé! vous ferez comme moi. Vous recueillerez un neveu sur le tard. Cependant, le roi peut revenir demain, et alors vous serez l'un des grands partis de France...

XII

La roche Tarpéienne est près du Capitole.

Henriette arriva de bonne heure chez sa vieille amie, le lendemain, pour savoir si tout s'était bien passé.

— Le mieux du monde, grâce à vous, mon cœur. Et quelle surprise que ce compliment ! Petite masque ! vous ne nous disiez pas que vous maniez la phrase aussi bien que M. de Chateaubriand. Je gage qu'un jour ou l'autre vous ferez les discours de quelque pair de France, quand j'aurai dit deux mots au roi.

— Oh! madame, peut-être que, si vous vouliez, nous n'aurions pas besoin du roi pour me rendre très heureuse.

— Bon! voilà une petite qui veut qu'on la marie tout de suite! Et vous comptez sur mon aide, mignonne?

— Si vous m'en jugez digne, fit l'impétrante avec une belle révérence.

— Vous, chère enfant! Vous mériteriez un prince.

— Merci, madame; je n'en demande pas tant. Un simple marquis me suffirait.

Madame de Rimont resta bouche béante. On aurait dit qu'elle venait de tomber, d'un seul saut, de son cinquième à l'étage du père Flamel. Son premier mouvement fut de traiter de haut en bas la jeune impertinente qui s'avisait de vouloir mésallier son neveu. Mais, après tout, Henriette avait quelques droits à l'indulgence. La comtesse l'épargna, relativement.

— Un Vitrac! dit-elle avec un petit tremblement qui fit voir quelle contrainte elle s'imposait. Vous n'avez pas mauvais

goût, mademoiselle. Mais mon neveu n'é-
pousera qu'une fille de sa condition. Je
connais ses idées là-dessus.

La moutarde montait au joli nez d'Henriette.

— Cependant, fit-elle en se redressant
comme un jeune coq, sans moi, c'est une
actrice qu'il épousait.

— Jamais la Providence n'eût permis
cette infamie. D'ailleurs, depuis cet accès
de folie, notre enfant prodigue s'est converti.

— Hé! madame, je le sais bien. C'est
moi qui ai fait rôtir le veau gras!...

Et, sur cette parole grosse de reproches,
Henriette se retira en secouant la poussière
de ses jolies mules bleues.

L'enfant prodigue vint sur les cinq heures,
selon son habitude. Il trouva sa tante plus
droite que jamais, l'œil brillant, le teint
échauffé. Vitrac, moins distrait, n'aurait
pas été long à s'apercevoir que le petit
appartement sentait la poudre. Il ne remar-
qua qu'une chose : l'absence d'Henriette.

La comtesse remit l'entretien sur les
avantages qu'un neveu comme lui pouvait
retirer de l'affection d'une tante comme elle.
Un peu plus elle aurait proposé à Vitrac
de l'adopter. En attendant mieux, au bout
d'un quart d'heure d'épanchements, elle le
pria de lui lire le journal.

— Empiéter sur les droits de la charmante Henriette, jamais! s'écria plaisam-
ment le jeune homme.

— La charmante Henriette me boude.
Entre nous, je soupçonne qu'elle ne remettra pas les pieds ici. Mon neveu, je n'ai
plus que vous au monde!

— Comment! fit René devenu tout pâle.
Que s'est-il donc passé?

— Rien; hormis que j'ai dû donner une
leçon à cette petite sotte.

— Une leçon! Et de quoi, s'il vous plaît,
ma tante?

— De modestie. Voilà ce que c'est que
de gâter les enfants: ils se croient tout
permis. Je vous donne à deviner ce que
mademoiselle Flamel s'est mis en tête.

— Parions qu'elle aura défendu le drapeau tricolore, dit Vitrac en riant.

— Ne riez pas, mon neveu, car l'incon-
venance vous touche de près. En deux mots
comme en cent, la descendante des Flamel
me priait d'intervenir pour vous marier
ensemble, tout simplement!

— Nous marier ensemble! répéta Vitrac
abasourdi. C'est Henriette... c'est mademoiselle Henriette qui vous a parlé de cette
idée!

— Elle s'adressait bien, n'est-ce pas?
Dans le premier moment, je l'ai peut-être
un peu vivement rabrouée. Car enfin,
cette enfant n'y mettait pas malice, et une
autre moins bien élevée aurait fait ses
affaires toute seule, sans m'en parler.
Ce ne sont pas les occasions qui lui
manquaient.

— Et voilà pourquoi vous êtes brouillées?

— Mon Dieu! brouillées n'est pas le mot.
Seulement il est clair que cette jeune fille
ne peut plus vous rencontrer chez moi.
Elle le comprend et je l'en estime davan-

tage. Elle me manquera, je l'avoue. Mais qu'y faire? Je ne pouvais pas fermer ma porte à mon neveu pour l'ouvrir à une étrangère. Eh bien! qu'est-ce qui vous arrive?...

Vitrac descendait déjà les escaliers, courant comme un fou. Il sonna chez Flamel qu'il n'avait pas revu depuis la fameuse explication. Ni l'un ni l'autre n'avaient de puissants motifs pour souhaiter une nouvelle rencontre.

L'ancien notaire se chauffait les genoux dans son cabinet; il avait l'air fort malheureux. En voyant entrer Vitrac, il se souleva languissamment et tendit la main, avec une politesse un peu inquiète. Sans lui laisser le temps de faire une question, René lui dit:

— Monsieur, j'ai l'honneur de vous demander la main de mademoiselle votre fille.

Flamel regarda son ancien commensal pour voir s'il était fou. Vitrac l'était un peu, je l'avoue; mais il faut considérer qu'il allait sur ses vingt-six ans et n'avait jamais été notaire.

Le bonhomme, qu'on ne prenait pas au dépourvu, s'enfonça dans son fauteuil et répondit, en pesant les mots :

— Monsieur le marquis, vous savez sans doute que ma fille aura quarante mille francs de rente à sa majorité, du chef de sa mère.

— Je l'ignorais, dit le jeune homme. Toutefois, je vous ferai observer que vous me proposiez, il n'y a pas longtemps, un parti du même chiffre.

— Monsieur ! la comparaison est une insulte pour ma fille. Entre ces deux personnes...

— C'est votre faute, répondit Vitrac. Il ne fallait pas commencer par me jeter vos écus à la tête. Singulière façon d'insulter une jeune personne en venant la demander à son père quand on porte mon nom !

Il faut dire que, par suite d'événements dont Rose Lepiez aurait pu faire l'histoire, Flamel n'était pas dans ses jours de bonne

humeur. Il répondit en frappant ses tisons
à grands coups de pincettes :

— Monsieur le marquis, je sais ce que
vaut votre blason. Mais je me demande ce
qui me désigne à vos préférences pour
avoir l'honneur de le redorer.

Pour la première fois de sa vie, René
connut les effets désastreux d'une colère
aveugle. Il fit trois pas vers Flamel avec
l'évidente résolution de l'étrangler. Le vieillard cria : « Au secours! » Ce cri de
détresse ramena Vitrac au sentiment de la
réalité. Il allait refaire la tragédie du *Cid*
au naturel! Fuyant la tentation, il s'échappa
par une porte tandis que Chimène entrait
par l'autre.

— Mon père, qu'y a-t-il? Pourquoi criez-
vous si fort?

— Parce qu'un impertinent est entré
chez moi comme dans un moulin, pour
m'offrir d'être mon gendre.

— Comment s'appelle-t-il?

— M. le marquis de Vitrac! Un monsieur
qui n'a pas...!

— Oh! mon Dieu! quel bonheur! C'est tout ce que je désirais!

. . . .

Depuis de longues semaines, la tristesse et les noirs soucis paraissent avoir emménagé à deux étages différents de la maison Flamel. Au premier, un infortuné père changeait à vue d'œil. Sa fille, toujours respectueuse et obéissante, — sauf sur un point, — semblait avoir perdu l'usage de parler et la faculté de rire. Par contre, du matin au soir, elle soupirait à fendre l'âme d'un bourreau. Le reste du temps, à l'en croire, elle ne fermait pas l'œil; mais en vérité elle dormait fort bien, sachant d'avance comment la crise finirait. Flamel mourait d'ennui. Consigné à la porte de Rose qui l'avait rendu responsable de son échec, privé des épanchements d'une fille obstinée, les jours se traînaient pour lui dans la solitude morose de son cabinet dont il n'avait pas le courage de sortir.

Chez la comtesse de Rimont, c'était bien autre chose. Vitrac ne franchissait plus le

seuil de la maison. En perdant sa jeune
amie, elle avait perdu son unique rayon de
soleil. En vain sa dévouée compagne, la
fidèle Pétronille, avait essayé de lire la
Gazette, comme au temps où « mademoiselle » n'était pas encore au monde. Les
yeux n'y étaient plus ; l'article le mieux
pensé devenait un galimatias sans nom.
Pétronille prétendait « avoir oublié sa lecture ».

Cependant elle lisait fort bien les billets
mystérieux que les « mousquetaires » lui
montaient une ou deux fois par jour du
premier étage. Même elle en écrivait — non
sans peine, il faut l'avouer — que Pigagniol et ses collègues portaient constamment
au ministère des finances.

Un jour elle rencontra par hasard M. Flamel dans l'escalier. Le bonhomme l'arrêta,
la fit parler, se plaignit qu'il avait moins
de jambes, moins d'estomac, dit qu'il était
triste de vieillir. La fine commère lui répondit en joignant les mains avec componc-
tion :

— Pauvre monsieur ! Vous n'avez plus
votre bon visage de l'an dernier. Encore, tant
que mademoiselle sera près de vous, il n'y
aura que demi-mal. Mais on vous la prendra quelqu'un de ces jours, et c'est alors
que vous serez à plaindre !

— Ma bonne Pétronille, ne craignez rien.
Je m'arrangerai pour que mon gendre reste
avec moi. J'ai de la place pour un jeune
ménage, et même pour des enfants.

— Jésus ! ils sont tous les mêmes, ces
épouseurs ! Ils promettent tout. Mais on a
sa famille, sa maison, un château. On a
des raisons avec le beau-père, et le jeune
ménage s'envole un beau matin, malgré
les promesses.

La conclusion se déduisait d'elle-même.
Pétronille se garda bien de conclure. Flamel fut rêveur toute la soirée. Henriette
ne mangeait plus, du moins à table. De
quoi vivait-elle ? Dieu seul et deux ou trois
des meilleurs pâtissiers de Paris savent la
vérité sur ce miracle.

Il va sans dire qu'elle était trop bien

élevée, non seulement pour avoir revu
M. de Vitrac, mais encore pour lui avoir
écrit une ligne. Cependant les Auvergnats
en veste de velours faisaient la chaîne entre
le ministère et la Chaussée-d'Antin. La
dernière course eut lieu la veille de l'As-
cension, et ce fut Pigagniol qui eut l'honneur de l'accomplir. Il était porteur d'une
lettre ne contenant que ces mots :

« Vené parlé se soir à monsieu le père.
» Il est désidé, mait ne vous emporté pas,
» sette foi. »

Vitrac fut doux comme un agneau, bien
que l'entrevue commençât par un déluge
de reproches. Le pauvre marquis fut accusé
de mettre la discorde partout.

— Grâce à vous, lui dit Flamel, ma
fille s'est révoltée contre moi. Henriette et
votre tante sont brouillées. Enfin, je ne
sais plus où aller le soir : tout cela pour
vos beaux yeux !

Vitrac répondit avec une mansuétude
angélique :

— Monsieur, tout le mal vient de ce que

vous m'avez reçu de travers un certain soir.
Je me confesse d'avoir été trop vif et je
vous en exprime tout mon regret. Mais, si
vous aviez dit *oui*, tout s'arrangeait. Mademoiselle votre fille vous aurait sauté au cou
et vous passeriez vos soirées entre vos deux
enfants, en attendant mieux. Quant à ma
tante, c'est elle qui vous aurait fait la demande officielle, et j'ai eu tort de ne point
commencer par là.

— Oh! bien cher monsieur, je vous
prends au mot. Ma fille est à vous, si madame de Rimont la demande. Mais je ne
vous cache pas que la démarche m'étonne-
rait, vu les idées de votre respectable parente.

Puis il ajouta d'un air goguenard, car
il avait pris à Rose sa manie de citations:

Hors qu'un commandement exprès du roi ne vienne...

— Parbleu! s'écria Vitrac en se frappant
le front, vous venez de me fournir le dénouement, monsieur Flamel. Vous l'avez
dit: le commandement viendra et nous serons tous heureux.

— Le roi commandera que vous épousiez ma fille !

— Les rois ne font plus de commandements, mais j'en connais qui écrivent volontiers, quand leurs fidèles meurent ou se marient. Vous verrez. Avant huit jours le courrier apportera la lettre qui arrangera tout. Une de plus, une de moins!...

Une semaine après, en effet, le jeune diplomate sonnait à la porte de sa tante. Pétronille, qui le guettait depuis cinq minutes, l'introduisit aussitôt. La comtesse n'avait point l'air plus conciliant et, tout d'abord, l'entrevue s'annonça comme devant être un peu houleuse. Mais Vitrac dit, sans se troubler :

— Ma tante, j'ai l'insigne honneur de mettre sous vos yeux une lettre du roi.

D'abord la vieille femme crut à quelque sotte plaisanterie. Quand elle fut certaine qu'il n'était pas question de plaisanter, elle se leva debout, toute tremblante d'émotion et de respect, pour toucher de sa main l'enveloppe écrite par l'enfant auguste qu'elle pleurait depuis quarante-cinq ans. Sans se rasseoir, elle lut, en s'essuyant les yeux, l'approbation donnée à « cette union » qui devait rapprocher deux familles fi- » dèles à la monarchie, l'une à travers des » siècles de vaillance et de gloire, l'autre » dans l'honorable succession de probités » sans tache ».

Elle relut deux fois, soupira, fronça les sourcils, et sembla lutter une minute contre elle-même. La révolte ne fut pas longue. Madame de Rimont baisa la signature, fit une révérence au portrait bien-aimé, et prononça ces seules paroles :

— Le roi parle. Je dois me soumettre.

Vitrac redescendit bientôt l'escalier, por- teur d'une lettre autographe, presque in- déchiffrable, adressée par la comtesse au père Flamel. Ce brave homme n'avait qu'une parole, et il eût été bien fâché d'en avoir deux. Quand René se présenta de nouveau chez sa tante, il était avec sa fiancée, ce qui fit frémir d'horreur madame de Rimont, rigide observatrice de l'étiquette. Mais on lui fit bientôt perdre la tête à force de baisers, parfois un peu confondus, j'en ai peur.

— Ma chère enfant, dit-elle, quand on lui permit d'articuler un son, je vous avais promis que le roi vous récompenserait.

— Oh! madame, répondit Henriette, j'y comptais bien, surtout depuis trois mois.

Vitrac lui dit tout bas à l'oreille :

— Il est un roi qui ne craint ni les révolutions, ni la mort, ni l'exil. Savez-vous comment il s'appelle ?

— Oui, mais je n'ose pas le nommer tout haut.

— Je le nommerai donc pour vous, chérie : c'est l'Amour.

FONTLUCE

FONTLUCE

I

Il y avait une fois, à une époque terriblement éloignée de la nôtre, c'est-à-dire
sous Louis XIV, un homme très riche, pos-
sesseur d'assez grands bois et d'un rendez-
vous de chasse nommé l'Ermitage de Fontluce, dans les environs de Melun.

Coureur de cerfs plus que médiocre, mais
intrépide coureur de belles, ce Crésus au
cœur tendre obligeait volontiers de ses écus
une jolie femme dans l'embarras, ne discu-
tant guère la signature pourvu que la main
qui signait fût douce aux lèvres. L'une de

ces charmantes obligées fit son chemin dans le monde, choisit un bon moment pour entretenir le roi des mérites de son prêteur, et voilà notre homme marquis de Fontluce, en moins de temps qu'il n'aurait fallu pour compter les cent premiers louis de sa créance, du moins tout porte à le croire, l'expérience n'ayant jamais eu lieu.

Le nouveau marquis entra fort allégrement dans la peau du rôle en épousant une fille noble et bien élevée, car il tenait à faire souche d'honnêtes gens, ce qu'il fit d'ailleurs. En même temps, il rasait le pavillon de chasse et le remplaçait par un château d'assèz fière mine, qui n'a guère changé depuis. C'est un modèle à peu près pur de ce style qui personnifia, plus qu'aucun autre, le caractère de son siècle, ennuyeux à force de grandeur, glacial à force de correction, ruineux mais incommode.

Dans ce même château, vers le commencement du mois d'août de 1885, la marquise douairière de Fontluce et l'unique héritier du nom déjeunaient en tête à tête,

perdus dans la salle à manger de propor·
tions colossales. Bien que la chaleur fut
cuisante au dehors, une fraîcheur presque
dangereuse régnait dans la pièce, qui me-
surait dix-huit ou vingt pieds entre son
pavé de marbre aux losanges noirs et
blancs, et son plafond aux poutres sail-
lantes. Sentant le frisson la gagner, madame de Fontluce ordonna qu'on ouvrît les
trois fenêtres gigantesques, vitrées de petits
carreaux dont quelques-uns, d'un blanc
verdâtre, remontaient évidemment aux origines de la construction. Un air chaud, tout
parfumé d'odeurs de foin, arriva de la pe
louse, méritant mieux le nom de prairie,
qui venait mourir, sur le bord de la Seine,
à une charmille rigoureusement entretenue
dans sa monotonie rectiligne. En été, cet
impénétrable rideau cachait la grille sub-
stituée au mur du parc sur plusieurs centaines de mètres, en face de l'imposante
demeure. Sur l'autre rive du fleuve, dont
le lit n'apparaissait que dans la moitié de
sa largeur, le coteau se relevait en pente

plus raide à la distance d'une demi-lieue. Les bois du domaine, restés intacts, s'étendaient en arrière du château, dans la direction de la ville, distante de trois lieues.

Le café venait d'être servi. Le maître d'hôtel recula de trois pas, prit un temps, et prononça d'une voix brève, un peu militaire, la formule qu'il répétait chaque jour à la même heure :

— Pinaud demande les ordres.

— La victoria et les deux hollandaises, avec François pour accompagner, commanda le marquis. Il faudra se trouver à la gare de Melun pour le train de quatre heures vingt-cinq qui amènera deux dames. Le second cocher y sera aussi, avec la charrette et la jument de service, afin de ramener les bagages et la femme de chambre. En plus, on aura soin de tenir le *Lion* prêt à être sellé pour moi, à l'heure que je dirai.

Le maître d'hôtel se retirait ; la marquise le rappela :

— Vous reviendrez prendre les ordres

quand on aura fini de déjeuner à l'office.
J'ai besoin de m'entendre avec monsieur le
marquis.

Restée seule avec le jeune chef de la
famille, madame de Fontluce lui demanda:

— Mon cher Bertrand, ne penses-tu pas
qu'il serait plus agréable à ces dames de
t'avoir en voiture avec elles, pour causer
et faire connaissance, que d'être escortées
par toi, malgré tous tes mérites d'écuyer
cavalcadour ? A ta place j'irais avec le
landau.

Bertrand de Fontluce mordit légèrement
sa moustache blonde, ébouriffée comme
celle d'un chat, et répondit avec la froideur
respectueuse mais résolue qu'il avait presque
toujours en parlant à la marquise:

— Mon Dieu ! ma mère, vous me faites
plus galant que je ne suis. Si j'ai demandé
mon cheval, c'est pour aller prendre le
frais dans les bois, et non pour avaler de la
poussière au soleil, sur la grande route.
Ainsi vous voyez que la victoria est in-
diquée.

— Tu laisseras madame Sadwell et sa
nièce venir toutes seules de Melun ?

— Elles sont bien venues toutes seules
d'Amérique, et cela quand miss Flora était
beaucoup moins capable de se tirer d'affaire
en voyage.

— Mais qui leur indiquera la voiture où
elles doivent monter ?

— François les connaît. D'ailleurs, ne
les connût-il pas, c'est un garçon fort intelligent. Il suffirait de lui dire : « Le train
de Paris déposera sur le quai deux
Américaines, madame veuve Sadwel et sa
nièce Flora Kinsley. Ce sont elles que
vous devez amener à Fontluce. » Vous
pouvez être sûre qu'il ne s'y tromperait pas.
Elles sentent la Cinquième Avenue d'une lieue.

— Mon ami, dit la marquise en faisant
des arpèges sur le chêne noir de la table,
si tu es décidé d'avance à ne pas épouser
mademoiselle Kinsley, tu aurais bien pu
m'en prévenir. Depuis le mois de mars, je
manœuvre pour qu'elle vienne passer qua-
rante-huit heures à Fontluce. Tu dois savoir

que ces dames ont toujours leur livre d'en-
gagements rempli pour une année d'avance.

— Voilà justement, ma chère mère pourquoi j'y veux mettre un peu de dignité. Je
sais qu'à ma place tout le monde irait ouvrir la portière du wagon et chargerait au
besoin les malles sur son dos. Miss Flora y
est habituée. Mais, moi, je ne mange pas de
ce pain-là. Vous m'avez dit qu'elle daigne-
rait, le cas échéant, se contenter d'une couronne de marquise et que votre hôtel du
parc Monceau lui convient. Reste à savoir si
le château de Fontluce lui semblera suffisant pour ses goûts... empreints de grandeur. Tant que cette question d'ordre pré-
dominant ne sera pas tranchée, il est fort
inutile que je me mette en quatre pour
plaire, ou pour savoir si on me plaît.
Donc, avec votre permission, je me donne
vacance, encore aujourd'hui. Demain et
après, je serai tout à mon devoir de maître
de maison, recevant des personnes distin-
guées par leur... *essence*. Pardonnez ce
mot qui vous montre du moins que je

n'aurai pas le pétrole triste à l'occasion.

— Veux-tu savoir ce que tu feras, à l'occasion? Tu prendras un air résigné, et tu diras partout : « C'est ma mère qui a voulu cette mésalliance ! » Et, toujours avec l'air résigné, tu auras l'installation la plus réussie, les plus beaux chevaux, et l'une des plus jolies femmes de Paris. Voyons, mon cher Bertrand, fais le sacrifice d'aller à la gare. J'irais bien, moi, si la voiture ne m'était pas défendue pour une course aussi longue.

L'affaire s'arrangea par un compromis. Bertrand maintint sa résolution de ne point aller à Melun, mais il promit de rencontrer les deux Américaines sur la route, et de les escorter pour leur entrée à Fontluce. C'est ainsi que les choses se passaient, presque toujours, entre la mère et le fils, ordinairement d'opinion différente sur les personnes et sur les choses, trop entiers l'un et l'autre dans leurs volontés pour céder complètement, trop désireux de la paix intérieure pour s'obstiner jusqu'au bout,

La victoria partit pour la gare, à l'heure convenable, suivie de la charrette anglaise. Quelques instants plus tôt, Bertrand était sorti à cheval dans la direction de la forêt avec l'intention, annoncée une seconde fois, de rejoindre la grande route par une marche de flanc, pour tendre une embuscade galante aux deux visiteuses. La marquise était à sa fenêtre pour voir passer son fils dans l'avenue. Quand le cavalier eut disparu derrière les arbres, elle se dit :

— Si celui-là n'est pas fait pour tourner une tête de jeune fille à première vue !...

Elle ne croyait pas prophétiser si juste, ainsi qu'on le verra bientôt. Seulement elle s'était arrêtée à moitié chemin dans sa prophétie.

Cependant mistress Sadwell et miss Flora Kinsley arrivèrent seules au perron du château, où la marquise les reçut, fort désappointée de ne pas apercevoir Bertrand à sa place de bataille.

— Vous n'avez pas rencontré mon fils ? Il est allé à cheval au-devant de vous.

Grand Dieu! lui serait-il arrivé un accident?

Ces interjections, empreintes d'une inquiétude légèrement exagérée, furent accueillies par un charmant sourire, car la tante et la nièce étaient de ces femmes heureuses qui sourient toujours, n'ayant jamais eu l'occasion de connaître la tristesse ni le temps d'éprouver l'ennui.

Elles ne répondirent qu'en vantant le pittoresque de la route, le grand air du château, la fraîcheur des appartements. Les fauteuils du grand salon, avec leurs dossiers rigides et leurs bras dépourvus de capitonnage, leur semblèrent pour le moins incommodes, et elles le déclarèrent franchement. Mais le thé, servi aussitôt, les conserva de bonne humeur, et la marquise, femme d'esprit, maîtresse de maison de premier ordre, sut les intéresser par une causerie dirigée habilement sur des sujets à leur portée.

A sept heures, quand le *dressing bell* se fit entendre, le jeune marquis n'avait point paru, mais, pour être juste, son absence passait presque inaperçue. Si Flora la remarquait, c'était pour se dire:

— Il a vraisemblablement des affaires qui le retiennent.

Parlez-moi des Américaines pour prendre les choses du bon côté. Une Française, en pareil cas, eût déjà considéré le mariage comme à vau-l'eau et se serait crue obligée de faire pleurer de rage sa femme de chambre, à force de nerfs. La tante et la nièce ne se livrèrent à aucune extrémité semblable. Elles passèrent une heure à vêtir des costumes délicieux, comme si elles avaient dû dîner avec vingt-cinq personnes; mais, au fond, c'était pour elles que ces frais d'élégance étaient avant tout prodigués. Elles se regardèrent dans leurs glaces, en connaisseuses. La tante se jugea fort belle et la nièce se trouva remarquablement jolie; elles avaient, du reste, complètement raison l'une et l'autre. Elles se ressemblaient, comme un bouton de rose entr'ouvert un peu hâtivement ressemble à la fleur magnifiquement épanouie.

Au second coup de cloche elles entraient au salon. Madame de Fontluce les attendait, très belle aussi, malgré les années qu'elle avait en plus et la santé qu'elle avait en moins. Sa toilette, un peu austère, ne craignait aucune comparaison sous le rapport de la richesse et de l'élégance. Mais Bertrand n'était toujours pas là, et sa mère, tout habituée qu'elle fût à se contenir, commençait à se laisser vaincre par une agitation facile à comprendre.

Enfin l'on vint annoncer que M. le marquis descendait de cheval, qu'il présentait ses excuses à ces dames et qu'il sollicitait quelques minutes d'indulgence. Un quart d'heure après il parut, l'œil brillant, le teint animé, très séduisant dans sa tenue du soir, et le regard que les deux Américaines jetèrent sur lui calma du premier coup les inquiétudes que madame de Fontluce pouvait avoir, en raison des fâcheux préliminaires de l'entrevue.

Quand on fut à table, Bertrand dit à la

belle veuve qu'il venait de conduire à sa place :

— Vous devinez, madame, qu'il a fallu des empêchements d'une gravité majeure pour me faire manquer à des devoirs aussi impérieux qu'agréables. Un accident m'a mis en retard.

— Un accident ! s'écria la marquise rassurée par la bonne mine de son fils et ravie, au fond, que l'excuse fût aussi bonne.

— Oui, ma mère, un accident. Mais j'ai joué le rôle de sauveur et non pas celui de victime ; tout est réparé si, toutefois, ces dames veulent bien m'accorder leur pardon.

Ces dames pardonnèrent, entre deux cuillerées d'un excellent potage. La marquise demanda des détails sur l'accident, moins par curiosité que pour donner à son fils l'occasion de raconter une histoire assaisonnée de l'esprit qui ne manquait pas au jeune homme. Mais Bertrand tourna court.

— C'est vraiment bien peu de chose, dit-il avec une modestie de bon goût ; une

voiture versée; une vieille femme en détresse au milieu des bois: une roue qu'il a
fallu rajuster. Voilà tout, et l'aventure,
comme vous voyez, est des moins intéres-
santes.

On parla d'autre chose; le marquis fut
charmant; il était facile de voir qu'il plai-
sait aux deux invitées de sa mère. Le dîner,
très bon et remarquablement servi, passa
comme un songe.

Après dîner, il fit une partie de billard
avec Flora. La tante, alourdie par son em-
bonpoint de superbe odalisque, s'installa le
moins mal qu'elle put dans un fauteuil à
côté de celui de madame de Fontluce. Bientôt les deux femmes causèrent comme deux
amies, j'allais dire comme deux complices.

Elles s'étaient connues à l'occasion d'une
œuvre de bienfaisance patronnée par la
douairière.

Une offrande généreuse avait introduit
auprès de madame de Fontluce ces deux
étrangères, irréprochables d'ailleurs, qui
cherchaient de bonnes relations dans le

monde comme il faut. Quelque jour on
écrira un livre intitulé : *la France charitable*, qui expliquera, lui aussi, comment
certaines portes sont devenues trop étroites...
pour avoir été trop élargies.

— Comment, si jeune encore et si belle,
ne vous êtes-vous point remariée ? demanda
la marquise, abordant par un détour le
sujet qui lui tenait au cœur.

Mistress Sadwell ignorait l'art des réti-
cences. Elle répondit avec sa franchise très
simple de fille d'Amérique, pour qui les
affaires sont les affaires :

— On a commencé quelquefois à me faire
la cour. Mais ma nièce est aussi belle et dix
fois plus riche que moi. Tant que je vivrai
avec elle, on me la préférera toujours. Et
cette jeune personne se montre si difficile !

Pendant ce temps-là, miss Kinsley causait avec Bertrand, comme avec un bon
camarade. Elle était huchée sur la bande
du billard, dans une pose masculine, et,
sous sa robe de crêpe de Chine blanc, on
apercevait jusqu'à la cheville deux pieds qui

11.

se balançaient légèrement, très étroits mais un peu longs, chaussés de soie noire et d'escarpins vernis à boucles brillantes. Elle disait à son partner, tout en fumant une cigarette, entre deux parties :

— N'est-ce pas que ma tante est belle ? C'est désespérant ! Vingt fois mes admirateurs sont devenus amoureux d'elle. Seulement elle n'a que dix mille dollars par an, et, quand on la demande, elle déclare qu'elle entend conserver sa fortune pour sa toilette. Et cela décourage beaucoup d'hommes, vous savez.

— Comment fait-elle maintenant ? questionna Fontluce qui était la logique même. Car elle doit, pour le moment, faire face à d'autres nécessités presque aussi urgentes que la toilette.

— Oh ! depuis que ma mère est morte et qu'elle m'a prise avec elle, c'est moi qui paye ses déplacements. C'est bien juste, puisque c'est à cause de moi qu'elle voyage.

Après un nombre suffisant de cigarettes et de carambolages, les deux amis revinrent au salon. Flora ne pouvait rester cinq minutes tranquille, hormis qu'on ne flirtât avec elle, et Bertrand ne semblait pas en train de flirter. Ils vaguèrent d'un coin de la pièce à l'autre, comme ils eussent fait dans le *drawing-room* d'un « Continental » quelconque, fouillant les albums de photographies, bouleversant les cartons de dessins. Le piano eut à son tour leur visite ; la jeune fille joua un bout de valse ; Bertrand, un air de vieille romance française, dont il rendit avec tant d'âme le génie simple et touchant que la jeune fille s'écria :

— Mais vous êtes un grand musicien !

— Non, répondit-il ; mais un grand adorateur de la musique.

Dès lors il ne fut plus question que de mélodies, d'opéras et de sonates. On déblaya jusqu'au fond une armoire toute pleine de partitions et de morceaux. Flora possédait l'art du chant comme celui du billard, c'est-à-dire qu'elle y montrait plus de hardiesse que de vrai talent. Néanmoins elle

commença deux douzaines d'airs en vingt
minutes, sans en finir aucun, la persévé-
rance dans les entreprises n'étant pas son fait.

L'armoire était presque vide et son contenu formait sur le tapis un monceau volu-
mineux, lorsqu'un cahier manuscrit, à
l'aspect très humble, frappa les yeux de
Bertrand par cette dédicace, dont l'encre
jaunie montrait la date ancienne :

A mademoiselle Marie Labrousse, mon élève,
j'offre respectueusement cette mélodie, composée
à sa demande.

— Oh ! oh ! s'écria le jeune homme, voilà
une trouvaille. Ma mère ne m'a jamais dit
que les compositeurs ont travaillé pour elle.
Voyons la signature : « Perantoni. » C'est
un Italien. Le pauvre diable n'a pas percé.
Il est inconnu.

Flora Kinsley regarda la marquise en
train de causer avec mistress Sadwell, à
l'autre bout du salon. Elle fit à demi-voix
cette remarque :

— Votre mère, d'après ce qui reste de
sa beauté, a dû faire travailler non seule-

ment les musiciens, mais encore les sculp-
teurs et les peintres. Voyons cette œuvre
inédite : justement elle est pour ma voix.

A ces mots, la jeune fille plaqua les
accords d'une courte introduction, empreinte
néanmoins d'un grand style, et commença
l'air, écrit sur ces paroles de Musset :

Si je vous le disais, pourtant, que je vous aime!...

Cette fois, elle n'eut pas l'envie d'inter-
rompre le chant, passionné, poétique, tendre
et délicat comme les vers eux-mêmes, avec
quelque chose de plus contenu dans l'aveu.
C'était un pur chef-d'œuvre, qui dormait
depuis trente-cinq ans dans la poussière.
Le fils de celle qui l'avait inspiré en savourait la douceur exquise. Il avait appuyé
ses deux coudes sur le piano et son regard
flottait au loin, bien que le visage qu'il
avait en face de lui fût assez séduisant pour
le détourner de toute rêverie étrangère.

Tout à coup, il entendit, presque à son
oreille, un souffle haletant. Sa mère avait
quitté le fauteuil où elle était assise; un

charme invincible l'avait attirée ; elle écoutait, les mains serrées l'une contre l'autre,
le visage bouleversé par l'émotion, les yeux
humides.

A cette vue, Bertrand éprouva l'une des
fortes stupéfactions de sa vie. Depuis qu'il
pouvait juger sa mère, il sentait croître en
lui, d'un côté l'estime et le respect pour
cette loyauté infaillible dans sa franchise,
de l'autre un défaut de sympathie, souvent
douloureux, pour cette sécheresse de cœur,
absolue dans l'autorité, rebelle à toute vi-
bration tendre. Voir la marquise de Fontluce pleurer en écoutant une mélodie chantée
vaille que vaille par une Américaine ! Il
n'eût pas été beaucoup plus confondu de
surprise en la voyant descendre à la cuisine
pour surveiller la marche du pot-au-feu !

Sans qu'il eût besoin de prononcer une
parole, sa pensée se fit jour dans ses yeux,
à ce point que sa mère lui dit, en reprenant
son empire sur elle-même :

— Tu sauras plus tard, mon ami, comment on peut revivre sa jeunesse dans une

minute, à propos d'un souvenir sans importance, depuis longtemps sorti de la mémoire,
et soudainement retrouvé.

Flora considérait la scène avec un intérêt
moins immédiat. Elle songeait seulement :

— Est-ce que, par hasard, je serais tombée sur une belle-mère sentimentale, — à
supposer que madame de Fontluce soit destinée à devenir ma belle-mère ?

Comme pour détruire cette opinion, qu'elle
jugeait sans doute calomnieuse, la marquise
ajouta, s'adressant à miss Kinsley :

— C'est votre faute, mademoiselle. Vous
avez si bien dit ce morceau que j'ai
chanté jadis quand j'avais votre âge ! Il me
semble que c'est moi qui suis assise à ce
piano, qui suis jeune, qui ai toute la vie
devant moi. Donc, soyez charitable, mon
enfant. Ne vous moquez pas d'une vieille
femme qui doit vous sembler folle en com-
parant vos vingt ans à son demi-siècle, et
votre beauté à ses rides.

Ayant ainsi parlé, Marie de Fontluce
retourna près de la tante qui n'avait pris

aucune part à l'incident, car, s'il faut
l'avouer, elle était volontiers somnolente
après les repas, à moins qu'un flirt vigou-
reux ne la rendît agitée, tant il est vrai
que la même cause peut produire, selon
l'âge, des effets contraires. C'était, pour le
jeune marquis, le moment de reprendre
au bon endroit le petit discours de sa mère,
en tournant la péroraison à son usage personnel. Mais il n'en fit rien, et la vérité
m'oblige à dire que la timidité moins que la
distraction paraissait lui fermer la bouche.

Heureusement les domestiques, en servant
le thé, mirent fin à cette situation quelque
peu languissante. Le thé pris, la maîtresse
de maison sonna pour demander les bou-
geoirs. Elle avait trop l'expérience de la
grande comédie mondaine pour ne pas voir
que ce premier acte n'était pas « chauffé »
par l'amoureux, et que le plus sage était d'y
faire des coupures.

II

Voici pourquoi le jeune Bertrand n'avait
pas la tête à son rôle, et pourquoi, en particulier, il avait manqué son entrée quelques heures plus tôt.

Son histoire de voiture versée ressemblait à la confession du bandit, qui s'accusait d'avoir jeté au fond d'un précipice le
bonnet de son camarade. Fra Diavolo né-
gligeait de mentionner la tête, restée dans
le bonnet après une dispute un peu vive.
Le marquis passait trop légèrement sur
certaine jeune fille qu'il avait trouvée près

de la voiture, dans le plus grand embarras.
Il suffit d'un détail mis à sa place pour
changer toute la physionomie d'un récit.
En somme, voici comment l'aventure était
arrivée :

Fontluce était sorti du château, sinon
dans l'enthousiasme, au moins sincèrement
décidé à rejoindre les deux Américaines sur
la route, comme il l'avait promis, car, s'il
ne faisait pas toujours ce que voulait sa
mère, encore ne promettait-il jamais ce
qu'il n'était point résolu d'exécuter. Donc il
s'en allait, combinant sa promenade pour
tomber juste au lieu de la rencontre. Le
temps était chaud. L'allée touffue, complètement ombragée, qu'il suivait au pas de
son cheval, était délicieuse. Il songeait que
la poussière d'une route, au grand soleil,
est le pire des fléaux pour qui vient de
savourer l'humide fraîcheur d'une futaie
aux senteurs aromatiques. En même temps
il songeait qu'une vingtaine d'hommes de
sa connaissance, et un peu plus de femmes,
gémissaient tout haut ou tout bas de s'être

mariés, tandis qu'il n'avait vu personne
s'arracher les cheveux pour avoir pris le
parti contraire.

Afin de se donner du courage il se disait : :

« Flora Kinsley passe pour la plus jolie
des Américaines de Paris, et l'on ne cite,
sur la place, que deux ou trois sacs de
dollars plus gros que le sien. Elle est un peu
fast, mais toutes ses compatriotes le sont à
son âge, et le premier enfant les guérit de
ce travers. Voilà, certes, un remède qui n'a
rien de désagréable, surtout pour le médecin. »

Malgré tout, il ne voyait pas sans regret
une tache lumineuse marquant l'entrée du
bois grandir au bout de son allée, bien
qu'il laissât le *Lion* dormir, comme une
bique de maraîcher qui porte les choux
aux Halles. Cette promenade, qu'il faisait
probablement pour la deux centième fois,
prit subitement pour lui le caractère d'un
incident grave, presque solennel, dont le
retour, vraisemblablement, n'aura jamais

lieu. Non, plus jamais, selon toute apparence, le Bertrand de Fontluce de l'heure présente, libre, dégagé de tout lien, maître de son avenir, dépendant de son seul caprice, plus jamais cet homme-là ne foulerait ce gazon du sabot de son cheval.

Cette pensée le remuait d'une sorte d'attendrissement sur soi-même qui n'était pas sans mélancolie. Un peu plus, imitant les cavaliers d'Homère qui s'entretenaient volontiers avec leur monture, à défaut de mieux, il aurait dit au *Lion* :

— Moi aussi, bientôt, j'aurai un frein dans la bouche, un frein d'or, imposé par les belles mains de Flora, la jeune Yankee, dont le père, semblable à Phébus, éclaira jadis le monde — avec son pétrole.

A ce moment, les nymphes de ces bois furent assez près de voir un spectacle des moins poétiques : celui d'un jeune homme désarçonné par un écart de son cheval. Deux cris d'épouvante, partis de derrière un buisson, montrèrent que les nymphes ont bon cœur, parfois, malgré leur réputation. Bertrand, par bonheur, en fut quitte pour un rétablissement qui n'était pas dans toutes les règles. Alors il examina la route et vit qu'il se trouvait à l'angle d'un sentier où deux femmes, subitement, venaient d'apparaître comme si elles fussent sorties d'une trappe; de là cette surprise — un peu trop vivement manifestée — du *Lion*. La plus jeune se tenait debout dans une toilette claire qui, sans doute, avait causé tout le mal, bien qu'elle n'eût rien de tapageur ni d'excentrique. La seconde inconnue, beaucoup plus âgée, restait assise ou plutôt couchée dans une chaise roulante inclinée sur le côté. La roue du véhicule, gisant sur l'herbe, montrait quelle catastrophe arrêtait les voyageuses dans ce coin perdu. Le marquis de Fontluce comprit la situation d'un seul regard.

Comme il était homme d'action, avant tout, il mit pied à terre, attacha son cob à une branche et se dirigea, son feutre à la main, vers les deux femmes à peine remises de leur émoi charitable.

— Si je ne me trompe, dit-il en les
saluant avec respect, j'arrive juste à temps
pour opérer un sauvetage. Voyons d'abord
la cause de l'avarie.

Il s'agenouilla sur l'herbe, examina l'es-
sieu en connaisseur et, se relevant presque
aussitôt :

— Un écrou perdu ; je m'en doutais. Il
ne peut être loin. Nous allons sans doute
le trouver à quelques pas, en suivant les
traces des roues.

— Monsieur, dit la dame aux cheveux
blancs, je vous supplie de ne pas vous dé-
ranger pour moi. Ma fille ira demander du
secours à notre maison, qui touche la lisière du bois et qu'on apercevrait d'ici
sans les arbres. Je suis fort commodément
étendue, comme vous voyez, et rien ne me
presse ; tandis que vous...

Bertrand, qui n'avait pas quitté la jeune
personne des yeux, se récria bien fort d'entendre supposer qu'il pouvait y avoir pour
lui, à cette heure, une affaire plus importante qu'un morceau de cuivre à chercher

dans l'herbe. Heureusement Flora Kinsley
n'était pas à portée d'entendre!

— Moi pressé, madame ! On voit que je
n'ai pas la bonne fortune d'être connu de
vous. Je suis le moins occupé des oisifs,
trop heureux que le hasard me donne l'occasion de me rendre utile, une fois dans ma
vie. D'ailleurs, ce sera l'affaire d'un instant.

Déjà il s'éloignait à contre-pied, un œil
sur les ornières en miniature, à peine tra-
cées, l'autre sur mademoiselle Trois-Étoiles,
espérant bien qu'on n'allait pas le laisser
chercher tout seul son écrou. En effet, il
entendit la vieille dame dire à sa fille,
presque à voix basse, quelques mots dont
il distingua seulement le premier : « Suzanne. »

— Monsieur, dit mademoiselle Suzanne
en le rejoignant, sans hésitation et sans
embarras, que ferons-nous si nous ne re-
trouvons pas le... la petite machine ?

— Oh ! mademoiselle, soyez sans crainte.
Avec un couteau et un morceau de bois je
remplacerai « la petite machine », provisoi-

rement. Les accidents de voiture, ça me
connaît. Entre nous, vous vous êtes aven-
turée dans un chemin peu carrossable, et
votre tâche devait être fatigante.

— Un peu. Mais la fraîcheur de ce sentier couvert nous a séduites, ma mère et
moi, sans parler de l'attrait de l'inconnu.
Car jamais nous n'avions pénétré si avant
dans la forêt. A l'avenir, il faudra nous
contenter, je le vois bien, des routes bat-
tues, tout ennuyeuses qu'elles soient.

— Peut-être que non. Quelques coups de
pioche sur les aspérités du sol, quelques
tombereaux de sable fin vous feront une
allée commode. J'y pourvoirai dès demain,
et vous n'aurez plus de désagrément pareil
à craindre.

— Vous êtes, à ce que je vois, monsieur
de Fontluce? demanda la jeune fille, très
simplement.

— Pour vous servir, mademoiselle ; et je
vous prie d'excuser l'ennui que vous causent mes fondrières.

Suzanne ne répondit rien, trouvant que

son interlocuteur poussait un peu loin sa politesse de propriétaire. Elle marchait à côté de lui, sa haute taille légèrement courbée, fouillant du regard les moindres touffes d'herbes, car il lui tardait fort que la chaise roulante fût remise en état et l'aventure terminée. Aussi bien, elle commençait à comprendre qu'elle ne devait pas beaucoup compter sur les yeux de son voisin, qui semblaient occupés de toute autre chose que de l'écrou perdu.

S'il faut l'avouer, en effet, cet hypocrite de Bertrand aurait passé à côté d'un moyeu de charrette sans le voir. Sous les larges bords de son chapeau, il était devenu soudain frappé de strabisme et, tandis qu'il feignait de regarder à ses pieds, c'étaient ceux de sa compagne qu'il observait, avec un intérêt d'ailleurs justifié, car ils ne perdaient rien de leur délicate perfection sous la solide chaussure qui les emprisonnait. S'oubliant de plus en plus, Fontluce laissa ses yeux remonter jusqu'à la main qui retenait les plis de la robe légère. La main

valait le pied, chose rare! Tous deux en
disaient si long — en abrégé — que le marquis repassa dans sa tête la nomenclature
aristocratique du pays, pour découvrir qui
pouvait bien être cette jeune conductrice de
chaise roulante ; mais il se creusa vainement l'esprit.

Alors il songea que l'énigme s'éclaircirait
nécessairement, pourvu qu'il fût amené par
la force des choses à reconduire la vieille
dame infirme à sa porte. Il fallait pour cela
que l'écrou ne fût pas retrouvé... Oh! bonheur! il l'aperçut au même instant et,
comme de juste, il le couvrit de sa botte en
appuyant de tout son poids. Désormais, il
était certain qu'on aurait besoin de lui pour
sortir de peine.

Bien entendu, il continua de chercher de
plus belle, tout en causant avec Suzanne,
qui l'écoutait d'un air moitié content, moitié vexé, l'instinct lui disant que ce jeune
homme correct et distingué nourrissait
quelque intention perfide.

Elle se retournait de temps en temps,

pour se donner du courage en constatant
que sa mère était toujours là. Dieu sait
pourtant si, à moins d'un miracle, la bonne
dame eût été capable de s'en aller toute
seule. On entendait les hennissements d'appel du *Lion*, pour qui le temps passait moins
vite que pour son maître. Le pauvre animal
ne se doutait guère qu'il en avait encore
pour une heure de faction.

Suzanne (se défiait-elle de la bonne foi
de son compagnon ?) déclara qu'elle renon-
çait à la recherche, malgré les encourage-
ments fallacieux du perfide qui prenait goût
à la situation. Les deux éclaireurs se re-
plièrent sur le gros de l'armée, faisant voir
de loin, par leurs gestes, qu'ils revenaient
les mains vides.

C'était, pour Bertrand, l'occasion de montrer son adresse : il ne l'avait point trop
vantée. En quelques minutes la voiture fut
remise en état — provisoirement — sans
que la vieille dame eût été forcée d'en descendre. Tout en faisant sa besogne, à grand
renfort de chevilles et de ficelles, le charron

improvisé entendit sur la grande route voisine un bruit de roues qu'il reconnut. C'était
l'équipage portant l'Américaine et sa fortune, *leur* fortune, peut-être, bien que, de
ce train-là, on fût encore loin des publica-
tions.

« Bon ! pensa le jeune homme. Ce soir
je m'occuperai de Flora. Pour le moment
je suis tout à Suzanne. *Primo*, celle-ci est
ma compatriote ; *secundo*, elle est bien jolie! »

Il annonça que les réparations étaient
terminées et qu'on pouvait partir.

— Au moins, dit l'infirme avec un sourire de bonne humeur, puis-je compter que
ma chaise de poste me conduira jusqu'au
relais sans encombre ?

Le marquis secoua la tête d'un air per-
plexe. Il n'osait prendre sur lui de l'affirmer. Une cheville de bois, même empruntée
au meilleur chêne de la forêt, ne vaut pas
une vis de cuivre. Il ne pouvait rien garan-
tir, sauf le soin qu'il avait mis à son travail. Tout dépendait des cahots du chemin.

— La chose bien considérée, conclut-il, je

me ferais un scrupule de vous abandonner, madame, tant que je ne vous aurai pas vue en lieu sûr. Je me tiens pour responsable de tout ce qui se passe dans ces bois ; ma demoiselle votre fille en sait la raison.

— Ma chère maman, dit Suzanne, je vous présente le marquis de Fontluce, dont nous avons envahi la forêt et gâté la promenade.

Le jeune homme protesta de nouveau. A l'entendre, on aurait cru qu'il n'était pas monté à cheval pour autre chose que pour venir au secours de ses deux protégées inconnues. Déjà, poussée par sa main robuste, la chaise roulante s'ébranlait doucement.

— Mais, monsieur, dit la dame aux cheveux gris, vous n'allez pas laisser votre cheval tout seul au milieu du bois. Si quelque braconnier le vole ?

Bertrand ne fit que rire de l'idée, et, tout en poussant la voiture, tout en causant avec la mère, il examina fort à son aise la belle personne qui marchait devant, un peu de côté, se détournant à chaque minute par un mouvement très souple,

12.

pour prendre part à la conversation et sourire à la pauvre infirme.

Il n'y a, au fond, que trois types de
beauté. L'art grec, toujours infaillible quand
il s'agit de grâce féminine, sut les personni-
fier en trois déesses qu'il osa même, dans
la plus romanesque de ses fables, comparer
l'une à l'autre : Junon, Minerve et Vénus.
Mademoiselle Suzanne — pour le moment,
il faut bien se contenter du prénom — ne
pouvait, à cause de la sveltesse de ses dix-
neuf ans, aspirer à la majesté junonienne.
Et, pour être Vénus, elle avait les cheveux
trop noirs, le sourire trop chaste, la taille
trop finement modelée. Toutefois, comme
pour embarrasser Pâris à l'occasion, elle
avait pris à la Mère des Amours ses yeux
bleus, son teint de lis et de roses.

Voilà bien des détours pour dire que
c'était une brune aux yeux bleus, grande,
mince, avec une carnation de blonde. Mais
les détours ont du bon quand ils prolon-
gent un plaisir, et, parmi les plaisirs que
donne aux autres la beauté, celui de l'ad-

mirer et de la décrire n'est pas le moins
appréciable. Quant au moral, cette Minerve
croisée de Vénus paraissait moins éclectique.
Elle semblait aussi sérieuse qu'on peut l'être
à son âge, et aussi peu coquette qu'une
femme pouvait l'être avec sa figure.

Toutefois, dans cette gravité, rien de morose ne se laissait voir, mais seulement le
reflet — teinté de mélancolie par la tristesse et l'isolement — d'une âme noble,
courageuse, capable de se suffire à elle-
même dans l'adversité, de se maintenir in-
tacte dans la fortune. D'ailleurs, si le sourire se posait un peu trop rarement sur ces
lèvres fines et résolues, on sentait presque
toujours qu'il n'était pas loin. A la moindre
parole gaie de sa mère, Suzanne s'épanouis-
sait. Le reste du temps elle cherchait à dis-
traire cette souffrance sans espoir. Sa toilette la montrait pauvre, mais très femme
par l'instinct du *seyant* Aussi bien, pour
tout dire, elle avait ce genre de beauté qui
est une économie, parce qu'elle pare la toilette.

Il est difficile d'étudier tout à la fois les
accidents du terrain et les lignes sinueuses
d'une belle inconnue qui marche devant
vous, un peu sur la gauche. Bertrand se
faisait voir sous le jour d'un homme très
aimable, mais d'un cocher plus que médiocre. Il ne manqua ni un creux desséché,
ni une branche d'arbre, ni une taupinière;
mais, fort heureusement, il remplaçait l'attention aux inégalités du chemin par une
lenteur invraisemblable. Tous les cent pas
il s'arrêtait pour voir si son ouvrage tenait
bon. L'équipage ne mit guère que trois
quarts d'heure pour gagner une maisonnette
située à moins d'un kilomètre, au bord
d'un petit chemin qui ne devait conduire
nulle part, tant il paraissait dépourvu de
toute trace de circulation.

— Nous sommes arrivés, dit la vieille
dame, et je ne sais ce qui domine en moi:
le plaisir d'être au terme de mon équipée,
ou le regret de me séparer d'un compagnon aussi agréable que dévoué. Merci,
monsieur. Je voudrais seulement être

sûre que vous allez retrouver votre cheval.

Bertrand répondit, ne se souvenant plus qu'il avait déjà, pour le jour suivant, un programme passablement chargé :

— Nous viendrons demain vous rassurer, madame, avec votre permission, l'un portant l'autre.

Mademoiselle Suzanne parut légèrement agitée. Elle jeta sur la pauvre maison d'abord, puis sur sa mère, un regard que le jeune homme comprit et qui signifiait clairement :

— Triste logis, pour recevoir le châtelain de Fontluce !

Une servante aux larges épaules, un de ces hercules féminins qu'on recherche pour soigner les paralytiques, se montra sur la porte d'un appentis collé au pignon de la maisonnette. L'appentis constituait évidemment toutes les dépendances, comme la maritorne constituait tout le service.

— Il n'est rien arrivé à ces dames? demanda celle-ci en s'essuyant les mains à son tablier. Je commençais d'être en peine.

Elle s'avançait du côté de la voiture, se préparant, ainsi qu'on pouvait le voir, à prendre sa vieille maîtresse dans ses bras robustes. Mais un signe l'arrêta; la malade avait la pudeur de son infirmité, dernier vestige de coquetterie féminine. Bertrand fit un salut et s'éloigna, car il comprenait que sa présence n'était plus qu'une gêne. Il rentra dans le bois par le sentier qu'on venait de suivre, et tout d'abord, fut droit à l'écrou qu'il mit dans sa poche. Puis il se dirigea vers son cheval qui avait eu, lui aussi, la bonne chance de tomber sur une âme dévouée. Un garde l'émouchait tranquillement avec un rameau de fougère, non sans lui adresser congrûment les phrases polies usitées en pareil cas.

L'homme, en voyant approcher Fontluce, ôta sa cape de drap bleu d'une main et retira sa pipe de l'autre.

— Je pensais bien que monsieur le marquis n'était pas loin et, comme les mouches piquent dur, je me suis arrêté dans ma tournée pour calmer le *Lion*, qui était déjà comme un vrai feu d'artifice. Monsieur le marquis, sans moi, n'aurait pas retrouvé son cheval dans le département de Seine-et-Marne.

Bertrand répondit :

— J'ai mis pied à terre pour... chercher un objet perdu.

— Monsieur le marquis a trouvé ce qu'il cherchait ?

— Je l'ai trouvé sans le trouver, dit Bertrand.

Et tandis que le garde cherchait vainement à comprendre ce style un peu vague, son maître ajouta :

— Tout à l'heure, en passant près d'une petite maison isolée, sur la lisière du bois, j'ai aperçu deux dames qui doivent être nouvellement dans le pays. Savez-vous comment elles se nomment ?

Le préposé à la conservation du domaine de Fontluce lorgnait du coin de l'œil, d'un air étrange, deux traces légères de roues qui se voyaient encore sur le gazon de la sente. Mais, en subalterne avisé, il garda ses réflexions pour lui et, se renfermant dans la question qu'on lui posait :

— Les personnes que monsieur le marquis vient de... vient d'apercevoir sont arrivées au mois d'avril. La maisonnette qu'elles ont louée se nomme la Chaumière des Brettes. J'ai entendu dire qu'elles viennent de Paris et qu'elles ont tout perdu. C'est la mère et la fille, les dames de Frézolles. Je crois qu'elles ne s'établiraient pas aux Brettes si c'était à recommencer, mais monsieur le marquis y gagne deux cents francs de rente pour le moins.

C'était au tour du jeune homme de ne pas comprendre. Il demanda :

— Je voudrais bien savoir comment, par exemple, car les Brettes ne sont pas du domaine.

— Non, monsieur le marquis, mais avant ces dames, nous avions là un paysan qui nous faisait payer au poids de l'or chaque laitue rongée par les lapins, chaque épi de blé brouté par les biches. Il est mort, Dieu merci ! et, depuis que les Parisiennes

nts (pages, cahiers...)

3-120-13

E 217
252

CAHIER RELIE EN DOUBLE
A LA PAGE 324

cuisine. Bertrand remonta sur le *Lion*, qu'on avait abandonné à lui-même, cette fois, comme le bidet d'un médecin de campagne, et, les yeux fixés sur le sable mouvant, il suivit en souriant d'aise la *voie* laissée par deux pieds mignons entre la trace des roues à peine marquée.

Il aperçut bientôt les deux personnes qu'il cherchait, arrêtées sous un chêne à quelque distance du point de leur première rencontre. Madame de Frézolles tenait un livre qu'elle lisait tout bas. Sur la mousse, à trois pas en arrière, Suzanne était assise, un coude sur son genou, le menton dans sa main, les yeux et les oreilles tendus vers une direction qui ressemblait fort à celle du château de Fontluce. Avec sa robe blanche et la masse un peu tombante de sa chevelure que le chapeau jeté à ses pieds ne cachait plus, on l'aurait prise pour une nymphe guettant l'écho lointain des solitudes.

Au bruit sec des glands écrasés sous les fers du *Lion*, elle se retourna vivement, les joues nacrées de cette paleur ondoyante qui accompagnait chez elle la moindre émotion.

— Vous m'avez fait peur ! dit-elle, comme si elle eût senti le besoin d'expliquer son trouble.

Le jeune homme s'était découvert. Il répondit en adoucissant encore sa voix, naturellement très sympathique :

— Je croyais que mon cheval et moi composions l'ensemble le moins effrayant qui se pût voir.

— Oui, mais vous venez par où l'on ne vous attend pas... c'est-à-dire par un chemin qui n'est pas celui de Fontluce. Et puis vous chevauchez silencieusement, comme un cavalier fantôme.

Bertrand mit pied à terre et dit à madame de Frézolles, tout en lui baisant la main :

— S'il vous plaît, madame, veuillez constater et dire à mademoiselle votre fille que je suis un être palpable et réel. Une autre fois je me ferai précéder dans mes promenades par un écuyer sonnant du cor.

— Plût au ciel ! répliqua Suzanne. Je suis comme doña Sol. C'est grande pitié d'avoir sa demeure au fond d'un bois où jamais la trompe ne résonne.

Fontluce n'eut pas l'air d'entendre. Il attachait à une branche le *Lion* qui, ce jour-là, portait un licol de chasse sous sa bride, signe que la halte était prévue. L'opération faite, il vint s'asseoir sur une grosse racine, tout près de la plus âgée des deux femmes, et lui parla de sa lecture. La malheureuse lisait un volume de... mais n'offensons personne. Bertrand témoigna sa respectueuse condoléance à la lectrice.

— Chez moi, répondit-elle, je cultive des auteurs plus sérieux, et j'ai du temps pour cela. Mais, quand je cours vos bois, je me permets un roman, par-ci par-là, et le cabinet de lecture des Brettes n'est pas riche en nouveautés.

La conversation s'engagea sur ce pied d'aisance entre le marquis et la mère de Suzanne. Celle-ci, laissée à l'écart en apparence, avait repris sa pose de Muse rêveuse

et s'étonnait du plaisir que cet homme
jeune, riche, élégant, habitué sans doute à
des interlocutrices plus amusantes, prenait
ou semblait prendre à l'entretien d'une
pauvre infirme. Au fond du cœur, elle y
trouvait un mérite vraiment digne de reconnaissance, car elle ignorait combien la vie de
cet inconnu manquait d'épanchements et
de la gaieté de son âge.

Au bout d'une heure, Bertrand se leva et
prit congé. Il n'avait pas dit trois phrases
à mademoiselle de Frézolles, et pourtant il
avait, pour toujours, incrusté son nom dans
les pensées de cette enfant dont le cœur ne
contenait que des pages blanches. Quant à
lui, son âme impressionnable débordait tout
à la fois d'une pitié émue jusqu'à la tendresse et d'une joie mal définie. Jamais, à
ce point, le malheur et l'isolement d'autrui ne l'avait touché d'une saine amertume.
Et, pour la première fois, il sentait qu'il
n'était plus seul au monde, lui dont quatre
ou cinq cents personnes disaient, quand il
allait au Bois, à l'Opéra ou bien aux courses :

— Voilà Fontluce, mon excellent ami !

Cette nuit-là, il dormit assez mal ; mais n'allez pas croire qu'un amoureux souci le tenait éveillé. S'il rêva tout haut, ce que nul ne peut dire, le nom qui s'échappa de ses lèvres ne fut pas celui de Suzanne, mais, probablement, celui du garde Guignard. En s'éveillant, tout d'abord il eut cette pensée :

— Mon commissionnaire a-t-il bien rempli sa tâche ? Le travail est-il commencé ? Que vont dire ces dames quand elles mettront le visage à la fenêtre ? Pour voir la surprise qu'elles auront, je donnerais...

Au lieu d'articuler le chiffre, il soupira, ce qui était de la haute prudence, car il n'aurait pu donner beaucoup, à cette heure, pour payer n'importe quelle jouissance, même la plus innocente.

Il eut toutes les peines du monde à tenir en place le reste de la matinée et la moitié de l'après-midi. La marquise, après déjeuner, voulut ramener la conversation sur Flora. Peut-être une démarche adroite pouvait mettre au compte de la délicatesse ou

de la timidité la réserve — un peu trop
grande — que le jeune homme avait gar-
dée. Mais Bertrand se fâcha tout de bon,
déclarant qu'il n'avait nulle envie de se
voir présenté à sa future, quelle qu'elle fût,
sous les traits d'un imbécile.

— Quand une femme me plaît, ajouta-t-il
en frisant sa moustache, pas n'est besoin
qu'on me souffle ma leçon pour le lui dire.

— Mon fils, dit la marquise, vous prenez les façons du jour, et voilà une belle
déclaration d'indépendance.

— Oh! non, fit-il en secouant la tête. Ce
serait me prétendre plus puissant que je
ne suis. Mais, pour Dieu, qu'on ne me demande pas de déclarations d'amour... à
Flora Kinsley.

Il sortit à cheval, vers son heure ordinaire,
et gagna les Brettes bon train, ses poches
bourrées des meilleurs romans qu'il avait
sur sa table. En débouchant des bois, il eut
tout lieu d'être rassuré : la besogne marchait.

Deux charpentiers, sous les ordres de

Guignard, achevaient d'entourer d'un grillage protecteur la haie du petit jardin, percée d'autant de brèches que les murs d'une ville emportée d'assaut. Dans l'intérieur de la clôture, désormais à l'épreuve des maraudeurs à quatre pattes fournis par la forêt, un fleuriste de Melun, renforcé de plusieurs aides, mettait la dernière main à ses plates-bandes et à ses corbeilles. Les allées se nettoyaient, les bordures s'alignaient, les planches de légumes se débarrassaient de leurs chardons en réjouissant les yeux par l'espoir de laitues fraîchement plantées. Bref, le jardin ressemblait fort à un régiment aligné pour la revue, au lendemain d'une bataille, quand les morts sont enterrés, les estafilades recousues et les tuniques brossées. La victoire est là; mais que de vides autour du drapeau!

Madame de Frézolles surveillait l'opération, du fauteuil où elle était assise, à l'ombre d'un vieux poirier. D'abord Fontluce s'était promis d'examiner les choses de loin et de tourner bride sans entrer, lais-

sant ses volumes à Claudine, afin de n'avoir
pas l'air de quêter des remerciements. Il ne
se sentit pas le courage d'exécuter ce beau
programme, tant il se faisait une fête du
contentement qu'il espérait lire sur le visage
de la mère et de la fille; mais il fut tout
d'abord passablement désappointé.

Suzanne était invisible, et sa mère, en
apercevant Bertrand, laissa voir une reconnaissance quelque peu hautaine.

— Cher monsieur, dit-elle, quand le
jeune homme eut salué, vous avez les façons du grand siècle.

— Oh! madame, fit-il en riant, comme
il est dommage que ma mère ne puisse pas
vous entendre! Elle m'accusait, il n'y a
pas deux heures, d'avoir les idées de mon
temps.

— Vous détournez les chiens, reprit
madame de Frézolles, mais vous ne m'em-
pêcherez pas de vous dire votre fait, comme
une vieille femme de mon âge en a le droit.
N'avez-vous pas, dans l'occasion, poussé la
galanterie jusqu'au point où elle devient un

peu embarrassante pour celles qui la reçoivent?

Bertrand, fort ému du tour que prenaient les choses, répondit avec la chaleur d'un accusé qui se justifie :

— Mon Dieu! madame, ce que vous daignez prendre pour une galanterie n'est qu'une restitution déguisée. Connaissez-vous la loi sur la responsabilité qui incombe à nous autres, propriétaires de forêts? J'ai peur que non. Mais moi, qui la connais, je sais que vous pourriez me faire six douzaines de procès, bon an mal an, et que vous les gagneriez tous, avec dommages-intérêts payables en bonnes espèces sonnantes. Vous n'en faites rien, parce que vous êtes une femme, et une femme bien élevée. Est-ce une raison pour que je tire profit de votre délicatesse? Remarquez, s'il vous plaît, que c'est moi, dès lors, qui reçois un cadeau de vous. Le supporteriez-vous à ma place? Désormais, je ne serai plus exposé à rougir quand j'aurai l'honneur de vous rencontrer. Voilà tout, et vous ne sauriez m'en vouloir d'être honnête homme et de payer mes dettes.

— Au moins, monsieur, c'est vrai tout ce que vous me dites là?

— Faut-il que mon régisseur vous apporte ses livres? Vous verrez ce qu'il paie chaque année aux riverains, ce qu'il payait à vos devanciers.

Madame de Frézolles, Dieu merci! n'exigea point la production des livres du majestueux Vinson, le bras droit de la marquise. Bertrand comptait bien que cet homme sévère n'entendrait jamais parler des folies qui s'accomplissaient aux Brettes, payables sur la cassette particulière du jeune marquis.

Dégagée de tout scrupule de fierté, madame de Frézolles sembla ravie d'apprendre qu'elle allait enfin voir pousser des fleurs sous ses fenêtres.

— Ce n'est pas pour moi, corrigea-t-elle, c'est pour ma fille. A propos, où donc a passé cette enfant? Suzanne!...

— Maman, répondit une voix aux notes

veloutées, qui parlait derrière un rideau, à longueur de bras de Fontluce.

En même temps le rideau s'ouvrit et Suzanne parut, jolie et fraîche comme Marguerite à son balcon; mais ce fut elle qui vint rejoindre Faust dans le jardin. Sa mère lui demanda :

— Je ne sais si tu as pu entendre et si tu as compris les explications de notre aimable voisin, qui est un habile avocat lorsqu'il plaide contre lui-même? Il paraît...

— Oh! maman, fit mademoiselle de Frézolles avec une légère contraction de ses sourcils noirs, j'ai très bien entendu et très bien compris. Je vous assure que ce n'est pas difficile.

VI

Le mois de septembre était venu, remplissant les habitations de chasseurs et la plaine de coups de fusil. Mais madame de Fontluce n'aimait pas le bruit ni les réceptions nombreuses, qui la fatiguaient. Elle s'arrangeait pour avoir, chaque année, un roulement d'amies ou de parentes pauvres qui se relayaient autour de son fauteuil pendant ses quatre mois de villégiature, afin de rompre le tête-à-tête avec son fils, dépourvu d'intimité et souvent tendu, comme on a pu le voir.

Bertrand, de son côté, recherchait peu la société masculine et, pour tout dire, il avait peu d'amis, car il ne voulait pas les choisir dans un monde inférieur au sien et, pour frayer avec ses pairs, l'état de dépendance matérielle où le tenait sa mère était une gêne pénible. Cette année-là particulièrement, il sembla redoubler de misanthropie; mais l'ardeur de ses goûts cynégétiques, modérée jusqu'alors, s'éveilla tout à coup. Presque chaque jour il sortait, son fusil sur l'épaule, seul avec son chien, comme un bourgeois de chef-lieu de canton qui va battre les luzernes. Quelquefois il rapportait du gibier, mais pas toujours. Ce n'était pas que la plume ou le poil fussent devenus plus rares sur ses terres. Seulement Claudine restait rarement un jour, si ce n'est le vendredi, sans plumer quelque perdreau et, quand la chiffonnière passait devant la maison avec sa charrette et son âne, il était rare qu'elle n'eût point à discuter le cours des peaux de lièvre avec madame veuve Plantegenêt.

Il va de soi que Bertrand ne donnait pas
son gibier pour rien; autant de pièces, autant de visites aux châtelaines des Brettes,
comme elles s'appelaient elles-mêmes en
riant. Toujours pressé, à l'entendre, il faisait des façons pour s'asseoir; mais finalement il s'asseyait et même, parfois, il restait assis des heures entières. D'ailleurs il
avait presque toujours dans son sac un
journal pour madame de Frézolles et une
Revue sérieuse pour sa fille. Il était rare,
au surplus, qu'il eût besoin d'aller les rejoindre dans la forêt.

— Depuis que nous avons un si beau
jardin, grâce à vos indemnités, disait l'infirme, je n'ai plus envie d'en sortir.

Suzanne assistait à ces conversations,
mais sans y prendre beaucoup de part.
Elle écoutait en silence, caressant *Phanor*
avec de gros soupirs, ou feuilletant d'une
main distraite les pages ouvertes sur ses
genoux. Que lui importaient toutes les
questions et toutes les réponses qu'elle entendait? La seule question qu'elle brûlait

de faire, qui ne sortait pas de son esprit, était impossible. C'était celle-ci :

— Quand nous ferez-vous part de votre mariage avec cette Américaine si jolie?

Car les gens du château considéraient leur jeune maître comme fiancé à la belle Flora. Et, par Étiennette, Guignard savait les on-dit de l'office. Et, grâce à Guignard, Claudine en était informée. Et, par Claudine, Suzanne avait appris la grande nouvelle dont elle aurait dû se réjouir : cinq millions ! Mais la pauvrette ne s'en était pas réjouie. Pourquoi? Dieu seul aurait pu le dire, et aussi *Phanor*, à l'oreille de qui Suzanne parlait souvent.

Quant à madame de Frézolles, Claudine avait estimé, dans sa sagesse, qu'il valait mieux la laisser dans l'ignorance.

— Voyez-vous, mademoiselle, avait dit cette judicieuse personne, quand M. le marquis sera marié, nous ne le verrons plus. Et ce sera un gros chagrin pour madame qui est en amitié avec ce jeune homme, à croire qu'elle l'a toujours connu. Donc, ne la

contristons pas. Les mauvaises nouvelles
viennent toujours assez vite.

En attendant, Fontluce se trouvait plus
heureux qu'il ne l'avait été de sa vie et, de-
fait, c'est un grand bonheur pour un être
au cœur noble de voir chaque jour deux
femmes comme étaient celles-là, et de pouvoir se dire :

» Elles me doivent toute la part enso-
leillée de leur vie. »

A ce plaisir délicat venait s'ajouter l'attrait piquant des difficultés à vaincre de
toute part. Il fallait que Bertrand combinât
sans cesse des ruses de contrebandier, avec
cette aggravation que sa contrebande n'était
pas moins scabreuse à la sortie qu'à l'entrée. L'*exportation* du moindre panier de
chasselas des espaliers du château était une
aventure à courir, non que la marquise fût
avare de son raisin, — les pauvres malades
des environs en savaient quelque chose, —
mais elle était jalouse de son contrôle en
général.

D'ailleurs, dans l'espèce, Bertrand se

doutait bien que sa mère n'eût point trouvé
de son goût l'entraînement charitable qui le
portait à franchir si souvent, à cheval ou à
pied, les deux lieues qui séparaient Fontluce de la chaumière des Brettes.

Ici apparaissaient des obstacles d'un autre
genre. Madame de Frézolles ne faisait point
exception à la nature humaine, qui s'ha-
bitue aisément au bien-être et n'est pas
longue à trouver naturels les bons procédés
d'autrui, même quand aucun des motifs
ordinaires ne les justifie. Toutefois elle avait,
à certains moments, des révoltes contre ce
qu'elle appelait ces voyages de fourmi venant à la fourmilière chargée et s'en allant
sans fardeau.

— Un beau jour, disait-elle moitié plaisante, moitié fâchée, on s'apercevra qu'il
ne reste plus que les quatre murs du château de Fontluce. On cherchera le mobilier :
il sera chez nous. Cher monsieur, les choses
ne peuvent plus aller de la sorte.

Il faut convenir que Bertrand avait à son
actif des tours de force dans le genre. Un

des plus difficiles avait été l'installation d'un piano sous le toit des Brettes, où le superflu ne se montrait guère. Le marquis n'avait pas songé à autre chose durant une semaine. Finalement, le Pleyel à peu près neuf, loué à Melun, avait été introduit avec plus de mensonges qu'il ne s'en débite à la Bourse pour lancer une émission.

— Cette vieille épinette, avait dit le jeune homme, pourrit dans mon grenier, sans être jamais accordée, car nous en avons deux autres. Si mademoiselle Suzanne veut se donner la peine d'en jouer de temps en temps, ce sera une bonne œuvre. Elle empêchera les vers de manger les cordes.

Suzanne, on le devine, était un peu rouillée comme pianiste, mais ses doigts s'éveillèrent bientôt. En même temps elle retrouva la voix qu'elle avait, sinon remarquable, du moins d'une grande fraîcheur avec des notes singulièrement touchantes.

Madame de Frézolles l'en félicita le premier soir, tout émue de plaisir, les paupières mouillées. Depuis quatre ans la pauvre infirme ne s'était vue à pareille fête.

— Où donc as-tu pris le sentiment qui te manquait jadis? demanda-t-elle.

Suzanne répondit, en rougissant jusqu'aux tempes :

— C'est que je deviens une vieille fille. D'aujourd'hui en un mois, j'aurai vingt ans.

Puis elle se leva et vint mettre un baiser sur chacun des yeux de sa mère, comme pour les fermer à la lumière naissante. La chère femme ne comprit pas que la véritable réponse était dans cette caresse, qui voulait dire, en bon français :

— Hélas! non : *il* n'est pas toujours parti les mains vides. Votre plus cher trésor, le cœur de votre fille, sans le savoir lui-même, il l'a pris.

A partir de ce jour, le plaisir de la musique vint alterner avec celui de la conversation pendant les visites de Bertrand, ce qui ne les rendit ni plus courtes ni plus rares. Les partitions du château suivirent le même chemin que les livres, et, sans qu'il y parût, le verbe *aimer* se conjugua presque

chaque après-midi aux Brettes, sur tous les
tons de la gamme.

Un jour le jeune ténor vint au concert
avec un rouleau qui contenait le fameux
madrigal dédié à la marquise et, tout d'a-
bord, il en raconta l'histoire, du moins ce
qu'il savait.

— Perantoni! répéta madame de Frézolles. Attendez donc. Je me souviens de
lui. C'était un professeur de grand mérite
que j'ai dû voir chez quelques-unes de mes
amies. Oui, c'est bien ce nom-là : Perantoni. Un grand jeune homme dont les yeux
lançaient des éclairs quand il jouait du violon, dans les concerts ou dans le monde.
Sans doute madame votre mère fut une de
ses élèves préférées. Çà, voyons ce que vaut
son œuvre.

Suzanne se mit à déchiffrer le morceau,
mais sa mère l'interrompit bientôt :

— C'est écrit pour une voix d'homme.
Allons, monsieur!... D'ailleurs, c'est de la
musique de famille, pour vous.

Le marquis s'exécuta, plutôt mal que bien.

— Les notes sont à peine lisibles, dit-il
en façon d'excuse.

Mais la vérité est qu'il regardait un peu
trop Suzanne et pas assez les notes. L'enfant baissait la tête sous la voix de Bertrand
comme sous une averse. On aurait cru
qu'elle allait se blottir à l'abri du clavier.
Pour l'achever de peindre, Fontluce ajouta :

— Voilà des paroles faites à souhait pour
vous être chantées, mademoiselle.

Or, ce qu'il venait de chanter, c'était :

Si je vous le disais, pourtant, que je vous aime!...

Le regard de Suzanne se leva sur lui
tout palpitant, baigné de tendresse, éperdu
d'espoir : un regard de Diane désarmée
sortant des yeux de Vénus. Bertrand comprit soudain que le cœur de cette belle
créature était à lui. Mais il comprit, en
même temps, pourquoi, depuis sa première
rencontre avec Suzanne, il n'avait plus lui-
même qu'un désir : la rendre heureuse et
la voir sourire... Cependant il fallait expli-

quer les paroles qui venaient de produire un effet si magique.

— Mais oui, reprit-il en tâchant de rester maître de lui. N'êtes-vous pas... n'êtes-vous pas une « brune aux yeux bleus », comme celle de Musset ?

Mademoiselle de Frézolles courba de nouveau la tête. L'allusion qu'elle avait cru saisir, qui la rendait toute tremblante, n'était pas celle qui concernait la couleur de ses yeux.

Presque aussitôt le jeune homme prit congé et s'enfonça dans la forêt à grandes enjambées.

Mais il ralentit le pas dès qu'il se sentit bien seul dans l'ombre déserte. Cette fois encore il fut en retard pour le dîner, mais aucune Américaine, riche ou pauvre, n'était là pour l'attendre. Sa mère seule, flanquée d'une vieille cousine, son invitée du moment, se trouvait au salon quand il y fit son entrée tardive.

— Oh ! les jeunes gens d'aujourd'hui ! s'écria la famélique invitée. Quelle patience il faut avoir avec eux !

Le marquis, tout rêveur et cependant fié-
vreux, n'entendit pas l'interjection aigre-
douce. Il n'entendit pas non plus la réponse
que fit sa mère avec un singulier regard :

— Oui, beaucoup de patience ; beaucoup
de patience, en vérité.

Ce soir-là, madame de Fontluce ne quitta
guère son fils des yeux. Ce que signifiaient
ces regards inquisiteurs, le maître d'hôtel
l'exprima d'un mot qu'il dit à l'oreille de
la très redoutée Joséphine en se mettant à
table à côté d'elle :

— Ça sent la poudre, au salon !

— Oh ! répondit entre ses dents l'altière
confidente, la poudre *d'escampette*, seulement.

Car elle ne dédaignait pas de faire un
mot d'esprit, à ses heures.

VII

Le lendemain, quand Bertrand de Fontluce vit poindre l'humble toit des Brettes,
au milieu des derniers chênes de la lisière
du bois, il s'arrêta, comme suffoqué, pareil
au voyageur qu'écrase l'admiration d'un
site incomparable; il posa la main sur son
cœur et dit tout haut :

— Chère maison!

Dans ces deux mots, il résumait les
longues ferveurs d'une méditation qu'il
n'avait guère interrompue depuis la veille,
et qui différait étrangement, par son ravis-

sement contenu et son émotion grave, des
mouvements exaltés, ordinaires chez les
hommes de son âge au début de l'amour.
Mais les maladies qui ont pour premier
symptôme une sorte de recueillement de
l'être atteint, ne sont pas d'ordinaire les
moins longues.

— Oh ! Dieu ! songeait-il, cet amour pur
comme la neige nouvellement tombée, ce
cœur qui n'a jamais battu, cette rare beauté,
cet esprit charmant, tout cela s'offre à moi
dans un désert, loin de tout regard envieux,
loin de toute menace ! Elle m'aime ! Son
être se fond auprès de moi ! Par ses yeux
son âme déborde comme un vase trop rempli. Mais elle croit sa volonté la plus forte
et son secret bien gardé... O joies du Ciel
à nous deux promises, mais à moi surtout !
Lui apprendre qu'elle est aimée, la conquérir encore plus, envahir ce cœur, lentement, complètement, comme la crue d'un
fleuve inonde peu à peu jusqu'à ses plus in-
times recoins la demeure solitaire bâtie sur
la rive !... Et puis la faire mienne aux yeux

16

de tous, mienne pour toujours! Avoir ce
bonheur qu'elle me doive ses moindres
plaisirs, le pain que, chaque jour, elle
mangera! Et — enfin! — commencer la
vie, l'existence utile pour les autres, indé-
pendante et honorée pour moi-même, digne
d'un homme!

En approchant des Brettes, l'heureux
Fontluce essaya d'éteindre l'éclat nouveau
dont il sentait que son visage devait rayon-
ner. Bien souvent madame de Frézolles
lui avait dit :

— Votre physionomie est parlante! Je
vous défie bien, maintenant que je vous
connais, de me cacher la plus petite chose!

Et cependant il fallait cacher une grande
chose — pour un temps.

Mais il vit du premier coup qu'il n'était
pas besoin, ce jour-là, de se mettre en frais
de dissimulation. Sa vénérable amie semblait fort agitée. Dès qu'il entra, elle lui
dit, presque sans répondre à son bonjour :

— Quel bonheur que vous soyez venu!
Vous allez m'expliquer cette lettre que j'ai

reçue — *chargée*, je me demande pourquoi.
Elle m'a fait d'abord bien peur, quoique je
ne l'aie pas trop comprise. Mais votre nom
qui s'y trouve, m'a rassurée. De vous et
des vôtres peut-il venir rien de fâcheux !

Le jeune homme prit connaissance de la
missive suspecte, qui émanait d'un notaire
de Melun. Grâce à l'amphigouri technique
du premier clerc qui l'avait rédigée, elle
était, en effet, aussi confuse que possible,
mais, en la relisant deux fois, Bertrand finit
par la comprendre. Elle était « aux fins
d'aviser madame veuve de Frézolles » que
la pauvre maisonnette, occupée par elle en
vertu d'un bail verbal, venait d'être achetée
par la très haute et très puissante marquise
de Fontluce, et qu'il fallait en déguerpir à
la Saint-Martin prochaine, « soit le onze
novembre avant midi, suivant l'usage des
lieux ».

Le jeune marquis devint très pâle; c'était
sa façon d'être en colère. Il réfléchit avec
tout le sang-froid dont il pouvait disposer,
pendant la moitié d'une minute. Heureu-

sement, ce jour-là, il était venu à cheval.
Feignant une trompeuse indifférence, il dit
sans s'asseoir, comme on l'y invitait :

— Ma foi ! madame, je ne suis guère
plus habile que vous dans l'art de déchiffrer ces grimoires. Mais, en une demi-heure
de bon trot, je serai à la porte de cet imbécile de notaire qui nous casse la tête
avec ses rébus. Et je vous dirai ce qui en
est, sinon ce soir — car j'aurai probablement une autre personne à consulter — du
moins dans les vingt-quatre heures. Veuillez
mettre mes respects aux pieds de mademoiselle de Frézolles. Ni vous ni elle n'avez
rien à craindre de l'avenir, soyez-en sûre,
aussi vrai que je m'appelle Fontluce.

Vingt minutes après, il tombait au milieu de l'étude, à Melun, à peu près comme
Louis XIV au milieu du Parlement. Je ga-
gerais que le jeune marquis n'était pas
moins en colère que le monarque en train
de s'émanciper ; la différence est qu'il ne
pouvait dire : « L'État c'est moi, » et le notaire le lui fit observer en toute politesse.

— D'ailleurs, ajouta ce brave homme, je
ne sais rien de ce que j'appellerai les détails concomitants de l'affaire. Mon ami
Vinson, l'intendant de madame la marquise, m'a chargé d'acquérir un petit bout
de terrain sans valeur, qu'on nous a, ma
foi ! bien fait payer neuf mille francs, car
nous avons laissé voir que nous étions
pressés...

— Et pourquoi, pressés, jour de Dieu ?
s'écria Bertrand. Voilà ce que je voudrais
savoir, par exemple !

— Il s'agirait, — monsieur le marquis
ne l'ignore pas sans doute, — il s'agirait
d'établir un des deux gardes du domaine,
un jeune homme qui va se marier, dans
cette petite maison, qui semble avoir été
bâtie tout exprès, paraît-il, sur la lisière
des bois de madame la marquise.

— Oui da! rugit le faux Louis XIV. On a
bâti les Brettes et... quelqu'un que je sais
y a fait mettre un grillage et des rosiers,
pour les beaux yeux de la future madame
Guignard. Ah! ah! cet animal va se ma-

16.

rier! Eh! bien, parole d'honneur, il ne
l'est pas encore, mon cher monsieur, rap-
pelez-vous ce que je vous dis là!

  . Le jeune homme en était à son deuxième
serment. Il devait en faire d'autres plus
graves avant peu, ainsi qu'on va le voir.

  — Alors, conclut-il en se levant, c'est
ma mère qui jette mesdames de Frézolles
dans la rue ?

  — Monsieur le marquis veut sans doute
parler du locataire actuel. Nous avons dû,
en effet, lui signifier congé, par simple lettre
recommandée, comme l'usage le permet, ce
qui est à la fois plus expéditif et moins...

  Bertrand de Fontluce était déjà remonté
sur le *Lion*, qui dut trouver le métier dur,
car il n'aurait pas eu le temps de souffler
entre Melun et le château, si, par bonheur
(pour le cheval), Guignard ne s'était trouvé
sur le chemin de traverse que le cavalier
suivait, bride abattue.

  — Garde, un mot, dit Bertrand, s'arrê-
tant court à tout risque. Vous vous mariez ?

  — La chose n'est pas faite, monsieur le

marquis, mais il en est question, C'est
mam'selle Étiennette...

— Ah! fort bien. Et, une fois mariés,
vous allez aux Brettes?

Guignard ouvrit les yeux et la bouche
sans répondre, il ne comprenait plus. Fontluce, lui. comprenait. Il rendit la main au
Lion, sans s'occuper du garde qui restait
planté comme une borne, muet d'ahurisse-
ment, avec une vague inquiétude, née du regard noir qu'avait son maître en lui parlant.

Tout en piquant au court, celui-ci disait
entre ses dents :

— L'affaire est bien montée. Rien n'y
manque, pas même le prétexte. Mon saint
patron, obtenez-moi la grâce de ne pas
dire, tout à l'heure, des paroles qu'un fils
ne doit pas prononcer, même quand sa
mère le pousse à bout !

La marquise, en voyant le jeune homme
entrer dans son cabinet, la plume à re-
bours, fut moins surprise que n'avait été
Guignard, car elle attendait l'orage. Elle
l'attendait même une heure plus tôt, n'ayant

pas compté sur le détour de Melun. Mais,
comme l'avait été Guignard, elle fut inquiète :
Bertrand *regardait mal*. Telle fut son im-
pression, tandis qu'elle l'examinait, en l'ad-
mirant, car il était superbe dans cette lutte
sourde entre la colère et le respect. Elle se
dit, un peu troublée :

« Aimerait-il pour de bon ? Je le trouve
tout changé. »

Pour changé, il l'était, plus encore que
ne pensait sa mère. Il débuta par lui faire
un grand salut de cour ; puis il posa son
chapeau sur un meuble ; ensuite il défit ses
gants, sans se presser ; enfin il alla chercher
une chaise à l'autre bout de la pièce, tout
cela pour gagner du temps.

— Ma mère, commença-t-il, on peut
faire une mauvaise action sans le savoir :
c'est de quoi vous êtes menacée. Vous jetez
sur la poussière du chemin une pauvre
vieille femme qui ne peut pas quitter sa
chaise. Dieu merci ! vous êtes moins infirme qu'elle, mais vous l'êtes cependant.
Mettez-vous à sa place et tâchez d'imaginer

quelle serait votre angoisse aujourd'hui si,
comme elle, vous étiez pauvre, très pauvre,
et obligée de trouver un asile.

— Je pourrais vous répondre, dit madame de Fontluce en cachant son émotion,
que l'on n'est pas si pauvre quand on
possède un piano. Mais j'ai quelque chose
de mieux pour me défendre contre mon
fils, qui m'accuse d'être inhumaine. La
nouvelle habitation de ces deux femmes
est trouvée, et je vous jure qu'elles y seront mieux qu'aux Brettes. C'est un peu
loin, mais les bords de la Marne valent
ceux de la Seine, qu'elles ne voyaient pas,
d'ailleurs. Quant au déménagement et au
transport, j'en fais mon affaire.

Bertrand pâlit de douleur en voyant
combien tout était préparé déjà pour l'exécution de la sentence. Il répliqua, faisant
un effort pour rester calme.

— Vous avez tout prévu, je le vois, sauf
une chose. Peut-être que « ces deux femmes »,
comme vous les appelez, n'accepteront pas
votre aumône.

La marquise répondit, fort imprudemment :

— Je ne vois pas pourquoi. Elles acceptent bien les vôtres.

Il y eut un silence. Le jeune homme avait une main sur ses yeux et, détournant la tête, il écrasait sous ses paupières deux larmes qu'y faisait monter la colère à grand peine contenue. Alors il se sentit très calme. Après cette parole qu'il venait d'entendre sans oublier l'austère devoir du respect, rien ne risquait plus de l'entraîner hors des bornes. Il répliqua lentement:

— J'espère que Dieu vous pardonnera l'outrage amer lancé à de nobles créatures qui ne vous ont fait aucun mal.

— Aucun mal! Vous me prenez pour une sotte, je pense. Les nobles créatures en question vous ont pris à moi ; voilà ce qu'elles ont fait. Je m'explique, aujourd'hui, votre superbe indifférence pour le mariage et pour les partis qu'on vous offre.

— Ma mère, dit le jeune homme en se levant, je vous en supplie, ne continuons pas cette discussion. Vous avez tous les droits d'un propriétaire; moi, j'ai ceux que possède le dernier des mendiants. Si madame de Frézolles quitte sa demeure contre sa volonté, je partirai d'ici le même jour. Sur le repos éternel de mon père, je vous affirme que je ferai cela.

— Où irez-vous?

— Où l'on va quand on n'a rien à soi : servir en Afrique, au Tonkin, n'importe où. Je suis officier de réserve; la chose peut s'arranger. Ne souriez pas! je vous assure que l'heure est mal choisie.

Madame de Fontluce crispa les doigts sur les sculptures de son fauteuil.

— Et vous dites qu'elles ne m'ont rien fait! s'écria-t-elle. Vous voyez vous-même où j'en suis. On me met le marché à la main, sans détour; mon fils en Afrique, ou ses... distractions installées sous un toit qui m'appartient. Entre cette douleur et cette honte, il faut que je me décide!

— Alors, répliqua Bertrand, vous ne daignez même pas supposer que mes actes

ont peut-être un motif noble! Non, ma
mère, je ne veux ni la honte ni la douleur
pour vous; mais je ne veux pas non plus
qu'une pauvre vieille femme infirme su-
bisse le trouble effroyable d'une expulsion
ignominieuse. Croyez-vous qu'elle ne com-
prendra pas ce que vous pensez d'elle et
de sa fille? Durant ces deux mois qu'on
lui laisse, quelle sera sa vie? Avant que
le délai expire, on l'aura mise dans sa
tombe. Encore si quelqu'un l'avait prépa-
rée! Croyez-moi, gagnons du temps et,
d'abord, que cette épée de Damoclès disparaisse! Permettez que j'aille dire demain
à cette abandonnée, veuve comme vous,
femme de qualité comme vous, qu'elle peut
dormir tranquille, qu'on a fait erreur, que
le notaire a agi sans instructions, que
sais-je? Ensuite nous verrons, et vous n'aurez rien à craindre, car, de même que je
partirai si elle part; de même, si elle reste,
je m'engage à ne plus la voir, ni sa fille,
sans votre assentiment. Avez-vous confiance en ma parole?

La marquise avait du coup d'œil. Elle comprit qu'il n'était point sage de pousser les choses plus loin, quant à l'heure présente.

— Mon ami, dit-elle, j'ai confiance en ta parole plus qu'en celle d'aucun être vivant. Et, pour te le faire voir, j'accepte ce que tu me proposes. Quant au reste, nous aviserons, comme tu dis. La raison t'éclairera. Un jeune homme de ton âge, de tes goûts, doit se marier. Qu'as-tu gagné à faire le dédaigneux avec miss Kinsley? Est-ce une heureuse influence que celle qui t'a poussé à ce coup de tête?

— Ma mère, dit le jeune homme, vous avez toujours miss Flora Kinsley sur le cœur. Vous souvient-il de notre conversation, le matin de son arrivée à Fontluce? Vous me trouviez déjà plus que froid. Eh bien! quoi que vous pensiez, quoi que vous aient rapporté ceux qui... vous renseignent, j'affirme que j'ignorais alors jusqu'à l'existence des Brettes, jusqu'au nom de mesdames de Frézolles. Donc, ne les rendez

17

pas responsables de ce qui est arrivé. J'irai les voir demain et je leur rendrai le repos. Ensuite, comme je vous l'ai promis, le chemin de leur maison ne me verra plus, sans que nous en soyons tombés d'accord. Vous avez ma parole.

Sur ces bases quelque peu branlantes, la paix fut signée, sans grand enthousiasme de part ni d'autre, car, en réalité, c'était moins une paix qu'une suspension d'armes. La grosse artillerie n'était pas encore entrée en ligne.

VIII

— Ainsi, répétait madame de Frézolles le lendemain, vous voilà devenu propriétaire de céans.

—C'est ma mère, madame, et non pas moi.

— Quelle différence y voyez-vous?

— J'en vois plusieurs. Mais, en ce qui vous concerne, j'espère que ce sera tout un. Vous voici installée chez nous pour cent ans, si la chose vous fait plaisir. Ma mère l'a promis.

Suzanne, qui assistait à l'entretien, demanda :

— Vous n'avez pas craint que cette promesse ne soit une gêne pour madame de
Fontluce? Car enfin je ne suppose pas
qu'elle ait acheté cette maison pour en
faire un placement de rapport.

— Non, sans doute, répondit Bertrand.
Mais quand elle a su par moi le nom et la
qualité de ses locataires, il ne pouvait plus
être question de leur causer l'ennui d'un
déménagement inattendu.

— C'est une extrême obligeance de sa
part, dit simplement madame de Frézolles,
qui se souvenait du temps où l'on avait
des égards pour elle.

Suzanne, plus habituée aux avanies que
procure la pauvreté, ne répliqua rien, mais
elle rougit de malaise à cette pensée qui
lui vint aussitôt :

« Voilà six semaines qu'*il* nous visite
presque chaque jour et, hier encore, sa
mère ignorait notre existence ! »

Mais elle devint, dans l'espace d'une seconde, plus pâle qu'elle n'avait été rouge.
Le marquis, loyal observateur du traité

conclu la veille, disait à madame de Frézolles :

— Maintenant, il me reste à vous annoncer quelque chose de moins agréable...
pour moi. Une absence que je dois faire...

— Comment! nous n'allons plus vous voir!

— Nous nous verrons moins d'ici à
quelques semaines, fit Bertrand avec émotion. Mais le moment de « ne plus nous
voir » n'arrivera jamais, sauf qu'il vous
plaise de me fermer votre porte.

— Oh! Dieu! quelle parole! s'écria l'aimable femme en tendant la main à Fontluce qui la baisa.

— Si vous permettez, continua-t-il, je pas-
serai rapidement une petite inspection de
propriétaire avant de vous dire au revoir.
Les grillages tiennent-ils bon? Que devien-
nent les roses de mademoiselle Suzanne et
les choux de Claudine? Faut-il vous en-
voyer le peintre ou le couvreur?

Il s'était levé. Madame de Frézolles rappela
sa fille, qui paraissait un peu absente, au
sentiment de la réalité :

— Accompagne dans sa tournée celui qui
tient désormais notre sort dans ses mains,
fit-elle en riant.

Suzanne ne riait pas ; Bertrand non plus.
Ils s'engagèrent dans ce qu'on appelait
pompeusement « la grande allée », qui
avait bien trois pieds de large. De son extrémité la plus lointaine au fauteuil de la chère
infirme installée devant le seuil, on comptait
cent pas, en modérant les enjambées.

Quand ils eurent fait la moitié de la distance, le jeune homme commença, d'une
voix qui n'était rien moins qu'assurée :

— Mademoiselle, depuis quelques heures
l'avenir de ma vie est en question entre
ma mère et moi. Il me reste à le décider ;
mais, auparavant j'ai besoin de savoir une
chose que vous me pardonnerez de demander
si... brusquement. Cet avenir, il m'est impossible de l'entrevoir heureux s'il ne doit l'être
avec vous et par vous. Est-ce que j'ai fait
un rêve impossible ? Vous allez dire la parole
d'où dépend toute ma vie.

Les deux promeneurs étaient arrivés au

grillage à demi caché par l'herbe. Suzanne
appuyée sur un des pieux qui le soutenait,
le regard fuyant au loin sous les grands
chênes de la clairière, semblait ne pas comprendre. Elle aspira l'air avec effort et put
enfin répondre par cette question :

— Mais... vous êtes fiancé?

— Non, fit-il énergiquement. Car jamais
je n'ai fait ni désiré de faire à aucune femme
la question que vous avez entendue et que
je vous répète. Je m'appartiens et je me
suis appartenu toujours. C'est mon être
entier que je vous offre, avec un amour qui
est et sera le seul de toute ma vie. Quel
doute pourriez-vous conserver? Quelle objection pourriez-vous faire? Quelle autre chose
que votre beauté douce et votre tendre parfum pourrait m'attirer vers vous, chère fleur
cachée dans les bois, fraîche et bienfaisante
comme leur ombre!

Ce n'était plus une question qu'il posait
à cette heure : c'était un chant qui sortait
de lui, le chant que l'amour heureux met
sur les lèvres de toute créature vivante. Ce

qu'il avait désiré de savoir, il le savait. Du
lit jaunissant des fougères aux branches des
chênes, puis à leur cime, le regard des yeux
bleus de Suzanne avait monté à mesure
que vibrait cette musique de l'aveu, jamais
entendue, si peu espérée ! Quand le jeune
homme ne parla plus, elle tressaillit d'une
sorte de crainte. Était-ce déjà fini, le rêve ?

Sur sa main qui pendait, brûlante, deux
lèvres se posèrent doucement. La malade
aurait pu voir, de son fauteuil, Bertrand
de Fontluce agenouillé devant sa fille ; mais
elle ne songeait guère à les surveiller, les
connaissant, les estimant, presque autant
l'un que l'autre.

— Ne restez pas ainsi, pria Suzanne. De
grâce, relevez-vous...

Puis, après un silence, elle ajouta, plus
bas, sans regarder l'heureux suppliant :

— Je sens vos yeux qui lisent en moi.
Mon Dieu ! comme vous *voyez* ce que vous
voulez savoir !

— Ma bien-aimée ! Je veux l'entendre
aussi.

Alors elle regarda, bien en face, l'homme à qui elle se donnait :

— Pour toujours ! dit-elle, vous avez ma vie. Oh ! cher, n'oubliez pas que les pauvres fleurs des bois sont les plus faciles à faire mourir.

— Non pas, quand on les aime d'abord pour elles.

Au bras l'un de l'autre, moins vite encore qu'ils n'étaient venus, ils remontèrent l'allée et, dans la même attitude, ils s'arrêtèrent devant madame de Frézolles qui trouva intérieurement l'intimité un peu grande. Elle demanda, fermant son livre :

— Eh bien ! monsieur, partez-vous content de l'état de votre domaine ? J'espère que vous n'y trouvez plus rien à perfectionner, cette fois.

— Madame, répondit Bertrand, je pars, si vous le voulez bien, emportant ce qu'il y a de meilleur aux Brettes, le cœur de votre chère fille, qui vient de m'être donné.

La surprise de madame de Frézolles fut grande, mais sa joie fut plus grande encore, et c'était chose touchante de voir cette pauvre femme infirme et trahie par le sort lutter contre son émotion, pour rester digne et maîtresse d'elle-même.

— Monsieur, commença-t-elle, vous nous faites à ma fille et à moi le plus grand honneur que vous puissiez nous faire. J'avoue toutefois, que votre demande... si peu prévue...

Elle ne put aller plus loin et fondit en larmes. Suzanne, à genoux près de sa mère, la calmait de son mieux.

— Oh ! madame, s'écria Bertrand, j'espère que vous pleurez de joie.

— Non, balbutia madame de Frézolles. Il faut me pardonner. Je pleure la fin du meilleur moment de ma vie. Ce qu'était pour moi cette enfant bien-aimée, nul ne le saura. Combien de fois j'ai remercié le bon Dieu, tout bas, de m'avoir ôté la force et le mouvement ! Plus riche et moins éprouvée, je n'aurais pas eu, comme je les avais, chacune des minutes de ma fille. Et maintenant, si vous me la prenez, tout est fini !...

— Quel homme serais-je, protesta Bertrand, si j'avais la pensée de vous priver d'elle !

Ces mots calmèrent la pauvre femme, ou du moins ils changèrent la cause de son trouble. Elle essuya ses yeux et tâcha de se redresser dans son fauteuil.

— J'ai honte de moi, dit-elle. Mais je ne suis plus que l'ombre de moi-même. La tête ne vaut guère mieux que les jambes. Causons sérieusement : vous me demandez ma fille ? Vous savez qu'elle n'a rien. N'allez pas croire qu'en parlant ainsi je vous fais entrevoir une impossibilité. Je sais ce qu'elle vaut, ma Suzanne, et je vous adresse le plus bel éloge en déclarant que je vous crois digne d'elle. Mais tout le monde ne jugera point la chose avec mon orgueil de mère. On vous objectera que vous faites une folie; on ira plus loin, peut-être. Et puis, j'y songe, vous m'annonciez tout à l'heure que vous alliez partir. Maintenant, vous voulez que ma fille vous accepte. Que signifie tout cela ?

Bertrand de Fontluce, à son tour, commençait à retrouver son sang-froid et la
notion exacte des responsabilités qu'il en-
courait. Il répondit avec un sourire fortement empreint d'amertume :

— Cela signifie que j'ai une mère, moi
aussi.

— Monsieur, s'écria madame de Frézolles,
si vous avez fait ce que vous venez de faire
sans être sûr de pouvoir épouser ma fille,
vous méritez...

— J'en suis tellement sûr, interrompit
Bertrand, que je lui donne devant vous le
baiser des fiançailles.

Déjà il avait pris la jeune fille dans ses
bras et, de ses lèvres, il touchait son front.
La tenant toujours enlacée, il continua :

— Que je cesse d'être du nombre de ceux
qu'on estime si la femme que voilà n'est
pas mienne un jour ! Et vous, ma bien-
aimée, voulez-vous me dire, devant votre
mère, que j'ai votre foi ?

— Vous l'avez, répondit gravement Suzanne, comme vous avez mon cœur.

— Cela suffit. S'il faut attendre un peu, vous attendrez, n'est-ce pas?

Les joues de la jeune fille pâlirent. Elle soupira ces paroles avec un léger frisson :

— Il faudra, sans doute, que j'attende... sans vous voir?

— Vous le devinez, chérie. Mais, à cause de cela précisément, je mettrai plus de hâte à vous conquérir.

— Allez, fit-elle. Que Dieu soit avec vous! votre pensée et ma mère seront avec moi.

IX

Le même soir, après dîner, Bertrand dit
à la marquise :

— Nous avons fait un traité que nous
observerons avec un égal respect de l'honneur. Mesdames de Frézolles resteront aux
Brettes sans être inquiétées. Moi je ne les
verrai plus, jusqu'à un certain jour qui
dépend de vous, ma mère. Ce jour est celui
où j'irai dire à la meilleure, à la plus belle,
à la plus dévouée des créatures que vous
l'acceptez pour belle-fille.

— Ah! ah! répondit madame de Font-

luce, vous avez bien employé votre journée.
Que les choses pussent aller jusqu'au mariage, voilà ce que je n'avais point prévu.
Mais, dans les termes que vous dites et
sauf que ma mort ne vous délivre, j'ai
peur que le toit des Brettes ne s'effondre
avant votre prochaine visite, tout solide
qu'il puisse être.

— Vous avez le moyen de me rendre
bien assez malheureux sans chercher des
paroles dures. Épargnez-les-moi. Il dépend
de vous que je meure sans femme et que
mademoiselle de Frézolles meure sans mari.
Que cela vous suffise.

— Vous êtes jeune, mon fils.

— Heureusement pour nous tous. Ajoutez
que je compte sur cette jeune fille comme
elle compte sur moi. Et, tous deux, nous
comptons sur l'avenir, sur le hasard, sur
l'imprévu qui ne peut que nous servir. Car
rien ne saurait rendre nos difficultés plus
grandes; tout peut les aplanir, à commencer
par un bon mouvement venant toucher
votre cœur.

— Non. Le patrimoine d'une famille comme la nôtre se compose de deux forces : l'honneur et l'argent. Vous êtes à l'âge où les fils entendent parler librement de leur mère. Une voix a-t-elle murmuré, jamais, un seul mot sur ma vie ? L'honneur, je l'ai gardé ! De même, je conserverai, je défenderai l'autre fleuron : la fortune. Mais, pour cela, c'est contre vous-même qu'il faut que je lutte. Eh bien ! je lutterai. Peut-être ai-je soutenu, dans ma vie, d'autres combats non pas plus pénibles, mais plus hasardeux.

Cette harangue, en somme assez fière, mit fin à toute discussion pour le présent et dessina les situations pour l'avenir. Je ne souhaite à aucune mère ni à aucun fils de connaître ces luttes sourdes. Il va de soi que Bertrand garda sa parole et n'approcha point des Brettes à moins d'une bonne lieue. D'abord il avait promis, raison qui dispense des autres. Ensuite il savait qu'à la moindre infraction aux clauses du traité, mesdames de Frézolles seraient expulsées.

Dans ce cas, il est vrai, toute liberté de les voir lui était rendue, mais il ne pouvait se dissimuler que ses visites ne seraient pas longtemps tolérées par la mère de Suzanne dans ces conditions. Au reste, il éprouvait un véritable adoucissement à se dire que la fiancée de son cœur vivait près de lui et *chez lui*. Quel lien entre eux, en attendant un lien plus direct !

. Sa plus grande amertume était de se savoir espionné par quelques-uns des gens de sa mère. Dès le lendemain de son explication définitive avec madame de Fontluce, on observa qu'il ne sortait plus à cheval sans se faire suivre d'un homme d'écurie, pour ôter à ses promenades toute apparence de mystère. Bientôt, cette complication lui semblant odieuse, il monta ses chevaux dans le parc, sans en franchir la clôture, les faisant galoper, comme un entraîneur, sur une piste où il avait organisé des obstacles. A peine allait-il à Melun de loin en loin ; jamais à Paris. Aucune invitation ne fut faite par lui durant l'automne. Enfin c'était

un blocus volontaire, seulement rompu,
chaque semaine, par une lettre fort courte
à madame de Frézolles. Celle-ci répondait
quelques lignes par le courrier suivant,
disant que tout allait bien ; là s'arrêtaient
les communications entre le château et la
chaumière.

La froide énergie de cette attitude n'était
pas pour plaire à la marquise, déjà blâmée
par les voisins de l'état de singulière dépendance où elle tenait son fils. Le bruit courut qu'il se séquestrait lui-même, faute de
quelques louis pour faire la figure des
jeunes gens de son âge. On en vint jusqu'à
dire qu'il songeait à prendre du service à
l'étranger, et les bonnes âmes rappelèrent,
à ce propos, l'histoire d'un jeune prince
allant tomber sous la lance des Zoulous.
Chose remarquable ! Il ne germa dans l'idée
de personne qu'il pouvait y avoir de l'amour
dans l'affaire, tant les phénomènes de ce
genre ont disparu de nos mœurs !

Madame de Fontluce connaissait plus ou
moins les bavardages, car cette personne

supérieure avait le rare talent de savoir
tout ce qui se disait sur elle, même le pire.
Pour couper court, elle bourra le portefeuille
de son fils et lui conseilla d'aller courir le
renard en Angleterre, chez des amis qu'il
y avait, et dont, jusque-là, sa mère ne lui
avait pas permis d'accepter les invitations.
Il remercia la marquise de sa bonté et prit
l'argent ; mais, pour le reste, il refusa.

— Jamais, dit-il, je n'ai trouvé le séjour
de Fontluce plus agréable. Le premier
voyage que je veux faire est mon voyage
de noces, s'il plaît à Dieu et à vous.

Malgré ce bel amour de la campagne,
quand la marquise, proposa de rentrer à
Paris, il ne fit pas la moindre objection.

— Si je demandais à rester, expliqua-t-il
en souriant, vous verriez qu'il se trouverait
des gens pour insinuer que c'est avec des
idées subversives.

Revenue dans son hôtel de la rue de Monceau, qu'elle tenait de son père, la marquise, en dépit de la saison encore endormie, lança des invitations pour un dîner.

La date arrivée, Bertrand eut la migraine
et resta couché jusqu'au lendemain.

— Est-ce un parti pris? lui demanda sa
mère. Dois-je m'attendre à vous voir tomber malade chaque fois que j'aurai du
monde?

— J'avoue, répondit Bertrand, que je suis
moins fort cette année qu'à l'ordinaire. Le
monde me fatigue extrêmement.

— Que ne le disiez vous? La santé est le
premier des biens; un hiver dans le Midi
remettra la vôtre. Aux premières gelées,
nous partons pour Nice.

Madame de Fontluce, en parlant ainsi,
faisait contre mauvaise fortune bon visage :
au fond, ce départ n'était pas un petit sacrifice pour elle. En épousant un homme
bien né mais pauvre, elle avait acheté le
droit de fréquenter la meilleure société, de
la recevoir chez elle, d'en être, en un mot.
Sous ce rapport, elle n'avait point fait marché de dupe; sa situation mondaine était
considérable, grâce à son intelligence non
moins qu'à son nom et, comme il arrive

aux femmes de cette sorte, elle y tenait
chaque année davantage. Mais que faire si
le jeune marquis, toujours sur la brèche à
côté de sa mère, s'avisait de laisser vide la
place qu'il occupait si bien? Pour peu qu'il
y aidât, le monde, qui le tenait en haute
estime, pouvait prendre parti pour lui et
se souvenir un peu trop que madame de
Fontluce était entrée dans le faubourg Saint-
Germain, comme elle était entrée dans
l'Église militante : par l'efficacité d'un sacre-
ment.

Cette femme, supérieurement intelligente,
comprenait qu'il était sage, dans la con-
joncture, de fermer ses volets durant quelques semaines; mais elle n'en souffrait pas
moins de ce chômage forcé. Une chose,
toutefois, la consola quand il fallut se mettre
en route : Flora Kinsley et sa tante passaient régulièrement tous leurs hivers à
Nice. Une chance nouvelle s'offrait.

Hélas! en mettant le pied sur la promenade des Anglais, Bertrand et sa mère
furent salués par la grande nouvelle des

fiançailles de l'Américaine avec un prince,
Français d'origine sinon de principauté.

— Oui, ma chère, la chose est conclue,
ajouta certaine comtesse qui passe pour la
plus méchante langue de l'Europe. Et, permettez-moi de le dire, vous arrivez un peu
tard.

La marquise comprit qu'il s'agissait de
devenir la fable du littoral.

— Moi! fit-elle, prenant son parti brusquement. Je m'arrêtais ici pour me reposer,
sans défaire mes malles. J'ai une petite
maison retenue à Bordighera; j'y couche
demain et je compte bien que vous viendrez
m'y voir.

Telle fut la cause qui poussa ces deux
voyageurs un peu plus loin qu'ils n'avaient
compté d'abord. Mais, à part le désagrément de l'imprévu, la chance les servit
bien. Ils trouvèrent, à deux cents pas de
la petite ville italienne, une maisonnette
cachée dans les palmiers et délicieusement
située.

— Cet entêté va mourir d'ennui, pensa

la marquise. Tant mieux ! L'ennui, parfois, est un bon remède.

Bertrand, de son côté, se consolait par cette réflexion :

— Au bout de quinze jours de cette vie, ma mère n'en pourra plus, et nous reviendrons à Paris. C'est presque la banlieue des Brettes.

Ainsi, parfois, dans les anciennes guerres, on voyait, sur chaque bord du fossé, l'assiégé et l'assiégeant appeler la famine à leur aide, comme une alliée.

X

Un peu moins d'une semaine après leur
installation, la marquise tenta une sortie,
c'est-à-dire qu'elle entreprit Bertrand sur
ses amours :

— Voyons! parlez franchement. Votre tête
va mieux? Car c'est la tête, avant tout, qui
est prise. Mon Dieu! je peux à peine vous
blâmer d'être romanesque. Moi qui parle, je
l'étais effroyablement quand j'avais l'âge cor-
respondant au vôtre. C'est donc un peu de ma
faute si vous faites des rêves tout éveillé.
Mais si vous saviez comme ces rêves passent!

— Ma mère, dit le jeune homme, dans deux ans ou dans trois vous ne penserez plus que je rêve.

— Croyez-vous, en attendant, qu'il m'est agréable de vous voir malheureux à plaisir?

— Je suis le plus heureux des hommes! J'ai trouvé la femme que Dieu a faite exprès pour moi. Je l'adore : elle m'aime. Soyez sûre que je ne changerais pas mon sort contre celui du prince qui va épouser miss Kinsley. Pauvre homme! Il mourra sans savoir ce que c'est qu'une véritable tendresse!

Tant de calme et tant de confiance dans l'avenir ne laissaient pas que d'inquiéter la marquise et de lui donner des idées noires. D'ailleurs elle et son fils étaient également privés de tous les plaisirs sociaux, mais elle avait sur lui le désavantage de n'être point amoureuse. Elle ne sortait pas, faute d'envie et faute de monde à voir. Elle lisait beaucoup et sans se lasser, car, à son intelligence naturelle, se joignait une instruction solide. Quand à Bertrand, il avait fini

18

par trouver un cheval à peu près muni de ses membres et l'on ne voyait que lui sur tous les sentiers de la côte. Mais, le second dimanche de son séjour à Bordighera, il fit une rencontre qui devait lui procurer des distractions plus efficaces.

Quand il descendit de cheval, ce jour-là, il était trop tard pour se rendre à la basse messe où, déjà, la marquise était allée sans l'attendre. Le jeune homme fit sa toilette et gagna l'église vers onze heures. On commençait à chanter l'office paroissial quand il entra.

L'orgue, au même instant, se mit à jouer. L'instrument l'étonna par sa valeur autant que l'artiste par son école, très simple et très mélodique, toute différente de celle des organistes mathématiciens d'aujourd'hui, qui parlent aux fidèles une langue savante, absolument inintelligible à la plupart d'entre eux. Et pourtant quel bien ne pourrait pas faire la grande voix de l'orgue à tant de douleurs cachées, qui dédaignent ou cherchent vainement la consolation sortie d'une bouche

humaine! De quel souffle calme et vivifiant
ne pourrait-elle pas soulever les ailes de la
prière endormie par l'indifférence, glacée
par la rancune sourde de l'être malheureux
contre la main toute-puissante qui l'a fiappé?
Mais, dans les deux grandes tribunes du
lieu saint : la chaire où le prêtre évangélise,
et cette autre chaire d'où descend l'harmonie
sacrée, on trouve trop rarement l'émotion,
cette douce mère des larmes.

Bertrand de Fontluce, aux premiers
accords du prélude grave et charmant,
sentit son cœur se fondre comme au tendre
appel d'un ami inconnu. Depuis tant de
semaines, tant de mois déjà, il luttait jour
et nuit, sans relâche et sans soutien, pour
son bonheur et pour le bonheur d'une
autre, devenue sienne par l'amour et la
promesse! Enfin, il pouvait fléchir un instant
sous le poids de l'armure, comme un soldat
qui reprend haleine! Il pouvait pleurer,
sans que les yeux toujours ouverts sur-
prissent ses larmes, espoir de la défaite
prochaine... Il pleura, caché dans la foule,

baigné par le courant limpide et profond
de la bienfaisante harmonie et, dans l'en-
gourdissement versé sur lui, l'heure s'écoula
sans qu'il l'eût mesurée.

Tout à coup les portes s'ouvrirent et la
foule se retira, l'entraînant dans son flot.
Les premières marches d'un étroit escalier
s'offrirent à ses yeux; Bertrand s'y engagea
presque sans réflexion, éprouvant le besoin
de voir de près l'artiste, moins pour le
talent qu'il venait de montrer, qu'à cause
du pouvoir singulier qu'il avait d'atteindre
aux fibres mystérieuses de l'âme.

Renversé en arrière, les deux bras étendus,
les mains immobiles sur le clavier dans une
posture puissante, la jambe gauche allongée
vers la basse du pédalier, un grand vieillard
à la chevelure blanche prolongeait l'accord
final, largement répandu par le « plein jeu »
des flûtes veloutées. En voyant un inconnu
s'avancer, l'artiste salua d'un léger signe de
sa tête embellie par la fièvre de l'improvi-
sation. Quelques gouttes de sueur brillaient
sur son front traversé de rides majestueuses.

— Monsieur, dit Bertrand, vous pouvez voir que mes yeux sont encore humides. Je me suis permis de venir vous tendre la main, pour vous remercier du bien que vous avez fait à un homme qui souffre.

Le vieillard saisit dans sa main fine celle qu'on lui offrait. Il répondit sans paraître étonné, dans un français très pur :

— Ce n'est pas moi qu'il faut remercier. C'est l'art, d'abord, et aussi la nature qui vous a donné la faculté de le comprendre. Avec la jeunesse et la santé, l'art est le plus précieux trésor. Il peut tenir lieu de tout : j'en ai fait l'expérience.

— Vous êtes plus modeste qu'il ne convient, répliqua Fontluce en jetant les yeux sur le pupitre vide. L'art qui vient de parler à mon cœur n'est autre chose que votre génie lui-même, car vous improvisez, à ce que je vois. Encore une fois, merci ! Et maintenant, laissez-moi vous applaudir : vous êtes un grand maître.

— Oh ! non : tout au plus un élève des professeurs les plus illustres, qui a beau-

18.

coup travaillé et qui n'a plus, depuis trente ans, d'autre amour en ce monde que celui de la musique. Vous l'aimez aussi?

— Avec passion. Et je l'aime précisément telle que vous la faites. Mais, celle-là, nous ne l'entendons guère à Paris.

— Paris!... soupira l'organiste pour toute réponse.

Il avait mis ses registres en ordre et fermé ses claviers. Son jeune visiteur gagna la porte de la tribune sans prolonger l'entretien car la matinée s'avançait. Le vieillard descendait les marches derrière lui, d'un pas encore très ferme : on pouvait voir que ses cheveux avaient blanchi trop vite. Quand ils furent tous deux sur la place, devant l'église, l'organiste demanda :

— Par quel hasard ai-je eu l'honneur de compter un Parisien dans mon auditoire? Vos compatriotes n'ont pas l'habitude de s'arrêter à Bordighera.

— Je fais plus que m'y arrêter. J'y suis pour quelques semaines, seul avec ma mère. Et vous, monsieur, vous connaissez Paris?

— J'y raclais du violon quand vous n'é-
tiez pas encore au monde, si l'apparence
de votre âge ne me trompe pas. Mais la
chance ne m'a point favorisé ; je suis revenu vieillir et mourir à mon gîte, c'est-
à-dire dans cette petite maison dont vous
voyez le toit sortir là-bas d'un massif d'arbres entouré d'une barrière.

Ils continuèrent à causer jusqu'à la porte
du modeste enclos. Là, Bertrand prit congé
de son nouvel ami.

— Vous n'entrez pas dans mon humble
cascine ?

— Ma mère m'attend. Si vous le permettez, je viendrai demain. A quelle heure
vous trouve-t-on, maître ?

— A toutes les heures, sauf le dimanche
pendant les offices. Dans la semaine, je
n'ai rien à faire, à moins qu'il ne prenne
fantaisie à quelqu'un de se marier ou de
mourir en musique. Mais entre nous, mon
casuel est maigre.

Ils se quittèrent à ces mots, et le marquis
se hâta de regagner la plage, assez éloignée,

car la maison du vieux musicien était
adossée aux collines qui flanquent la ville
vers le nord.

Il s'était promis de prendre son aventure comme sujet de conversation pendant le déjeuner; mais il trouva, en ren-
trant chez lui, une lettre qui donna un
autre cours à ses idées.

Madame de Frézolles se plaignait de sa
santé, chose qui n'était pas dans ses habitudes, et, pour la première fois de sa vie,
elle avait employé sa fille comme secrétaire.
Du moins Bertrand le supposa, en voyant
l'écriture inconnue, et même il baisa les
lignes, car il jugeait que ces pattes de
mouche élégantes n'étaient point dues à
la main robuste de Claudine Plantegenêt.

Toutefois ce plaisir était plus que com-
battu par l'inquiétude qui venait de s'em-
parer de lui. Déjà il voyait la mère de Suzanne couchée, morte, sur son lit avec les
deux bras en croix, et, comme de juste, ce
n'était pas le sort de la défunte qui le dé-
concertait le plus. Qu'allait devenir sa fille

si le malheur arrivait!... La réponse ne
fut pas longue à trouver :

— Ce qu'elle deviendra ? Elle deviendra
marquise de Fontluce, malgré la terre entière, quand je devrais, pour la nourrir,
aller tendre mon chapeau à la porte des
cuisines de ma chère maman.

Avec de telles pensées dans l'esprit d'un
des convives, on peut imaginer ce que fut
la conversation pendant le déjeuner. Bertrand ne prononça pas trois paroles, mais
il faut avouer que personne n'y perdit rien,
car ce n'était pas du miel qu'il avait sur la
langue.

Dès que la chose fut possible, il s'échappa
et courut au télégraphe, qui était fermé en
l'honneur du dimanche. Il ne lui restait
plus qu'à se promener mélancoliquement
au bord de la mer, ce qu'il fit, enviant le
bonheur des nuages qu'un vent tant soit
peu mêlé de pluie chassait vers le nord,
peut-être sur les bois de Melun! Comme la
pluie augmentait sans que sa tristesse dimi-
nuât, il se rabattit du côté de la ville et

passa devant l'église où l'on chantait vêpres.
C'était le cas d'user de nouveau du remède
qui lui avait réussi le matin; il entra, mais
au lieu de le faire pleurer, l'orgue lui mit
les nerfs en si piteux état que ses voisins
se reculèrent doucement, épouvantés par
cet inconnu qui serrait les poings, gonflait
les joues et fronçait les sourcils, au lieu de
chanter le *Magnificat*. Enfin l'on sortit, et
Fontluce alla se placer sur le chemin de
l'organiste pour lui dire son fait et se plaindre de sa musique, de même qu'il se serait plaint à son pharmacien que sa quinine
ne coupait plus la fièvre. Ce furent les ex-
pressions dont il se servit.

— Bon ! répondit le vieillard en souriant.
Vous voulez que je vous guérisse, au hasard, sans vous avoir tâté le pouls et fait
tirer la langue ! Il doit y avoir du nouveau
depuis ce matin ?

— Il y a une lettre que j'ai reçue et qui
m'inquiète fort.

— Soucis d'argent ?.

— Non, hélas !

— Alors, je devine. Un homme de votre
âge, ayant sa mère auprès de lui, ne peut
être mis dans l'état où vous êtes que par
une lettre de créancier ou par une lettre de
l'*enamorata*. Or ce n'est pas le créancier qui
vous écrit. Donc !... Allez, jeune homme,
on vous écrira demain d'une encre différente, et vous oublierez votre mauvaise humeur d'aujourd'hui. *La donna è mobile!*

— Monsieur et cher maître, fit Bertrand
avec un peu de hauteur, j'ignore votre expérience en matière de créanciers. Mais, sur
l'autre question, j'ai lieu de croire que vous
en êtes resté aux amourettes d'artiste. Mon
cas est plus grave, malheureusement!

A ces mots le vieillard s'arrêta court et
le sourire très fin qui éclairait son visage
disparut subitement. Il dit en serrant avec
force le bras de son compagnon :

— Que Dieu vous préserve, qui que vous
soyez, des *amourettes d'artiste* que j'ai connues !

Tandis que cet homme étrange pronon-
çait lentement ces paroles, d'une voix plus

basse, le marquis fut frappé de son regard, devenu tellement jeune que les cheveux blancs tombant le long des joues semblaient être un déguisement d'emprunt.

— Pardonnez-moi, fit Bertrand. Si j'osais, je dirais: Pardonnons-nous, car nous nous sommes fait tort mutuellement. Il y a des peines dont on est fier comme d'un honneur, et que l'on ne peut supporter de voir dépréciées, en quelque sorte, dans le jugement des autres.

— Tiens! dit le musicien, vous avez trouvé avant moi la phrase que je cherchais. Vous êtes comme mon violon. Je pense, et c'est lui qui parle. A propos, venez chez moi ; il faut que vous connaissiez mon meilleur ami, ou plutôt mon seul ami.

— Qui sait? répliqua Fontluce, la main tendue. Peut-être que vous en aurez deux, à l'avenir.

Jamais des mains plus loyales ne se rencontrèrent, mais le vieillard ne pouvait parler. Il pressa le pas, baissant la tête,

avec de grands soupirs qui montraient seuls
son émotion. En peu de minutes, ces deux
hommes si singulièrement rapprochés furent à la barrière du petit jardin, tout embaumé déjà de l'odeur des violettes. La
porte de la maison se referma sur eux et,
toujours sans mot dire, le maître du logis
fit entrer son compagnon dans une pièce
assez vaste mais fort nue, où se voyait, sur
une table, un violon au manche tout usé.

Le musicien jeta son chapeau et, d'un
large mouvement de la tête, secoua la
crinière blanche qui lui donnait l'air d'un
lion. Mais c'était, en ce moment, le lion
blessé qui se retire à l'écart pour laisser
saigner sa plaie. Déjà l'instrument vibrait
dans ces mains, sans qu'il eût prononcé
même une parole, comme si la parole eût
été impuissante pour exhaler ce qui bouil-
lonnait en lui: la passion de l'art et, sans
doute, une autre passion, moins heureuse,

Tout en jouant, il marchait à grands
pas, et son auditeur, confondu d'étonnement, oubliait tout pour écouter cette

19

plainte sombre, ardente, parfois aiguë
comme le cri arraché par une blessure rou-
verte. Ce virtuose inconnu, semant les notes
autour de lui dans sa marche désordonnée,
faisait songer alors à ces noires machines
qui s'élancent à travers la nuit, laissant sur
leur passage une pluie rouge de tisons
brûlants.

Mais, d'une minute à l'autre, le rythme
changeait. A l'emportement de cette fou-
gueuse douleur succédait une lassitude accablée ; puis des appels tendres vibraient,
souvenir de joies passées pour ne plus revenir. Et, tour à tour, on sentait dans
cette âme passionnée l'effort douloureux vers
la résignation, l'amère moquerie de soi-
même, le calme et l'oubli implorés comme
une grâce, obtenus comme un bienfait de
l'art sublime.

Enfin le violon se tut et l'artiste sembla
s'éveiller d'un songe en face de son auditeur.

Il était confus, inquiet, ainsi qu'un homme
qui craint d'avoir trop parlé pendant son

sommeil. Il déposa son instrument, essuya son front baigné de sueur et dit, d'une voix haletante qui paraissait ne point appartenir à cet être puissant :

— Je vous demande pardon de m'être laissé voir dans un de mes accès.

Puis, avec un sourire mélancolique, il ajouta :

— Il est vrai que c'est vous qui l'avez causé en me parlant de *mes amourettes*. Rudes amourettes que celles-là, jeune homme ! Ce sont elles qui m'ont enterré ici, depuis trente ans, loin du monde civilisé où j'aurais pu me faire une place. Et me voilà, devenu vieux avant l'âge, sans famille, sans fortune et sans nom, tout cela pour les yeux d'une femme et par ma folie ! Voilà, si je ne me trompe, un exemple fait pour vous. Puisse-t-il vous servir, et ne perdez pas même une heure de votre jeunesse en des chagrins destinés, sans doute, à passer plus vite que les miens.

A ces mots, Bertrand se sentit si fort indigné qu'il oublia du coup l'admiration qui venait de le clouer au sol durant un quart d'heure.

— J'espère bien que ma peine finira, mais je ne l'entends pas comme vous! s'écria-t-il. Avec l'aide de Dieu, la femme que j'aime sera mienne un jour. Tant que ce jour ne sera pas venu, je ne saurais être heureux.

Là-dessus, pour la première fois de sa vie, le pauvre garçon raconta son histoire et versa ses angoisses dans l'oreille d'un être humain. Le récit fut long et, quand il s'acheva, le jour avait tellement baissé que les deux amis ne s'apercevaient plus guère. Tout confus d'avoir été prolixe à ce point, le visiteur se leva pour prendre congé.

— Revenez demain, dit le vieux musicien en le reconduisant. Nous parlerons d'*elle* encore. Mais ne saurai-je point votre nom?

— Je suis le marquis de Fontluce.

Dans l'ombre on entendit une plainte sourde, suivie, après un court silence, de ces mots:

— Prenez garde de ne point vous heur-

ter à quelque meuble, comme je viens de
faire.

La porte se referma et l'artiste se trouva
seul. Au lieu d'allumer sa lampe, il prit
encore une fois son violon et, de nouveau,
les échos de la pièce vibrèrent d'une mélodie puissante. Mais à cette heure, c'était
l'amour qui chantait, l'amour jeune, enthou-
siaste, rayonnant, plein d'espoir, débarrassé
de toute contrainte; l'amour tel que, trente
ans plus tôt, le vieillard d'aujourd'hui l'a-
vait chanté, avec la folie de l'art et de la
jeunesse, aux oreilles d'une femme... qui
ne pouvait être à lui !

XI

Le lendemain, en arrivant au rendez-vous, Fontluce trouva le violon enfermé dans sa gaine et le violoniste assis près du feu, perdu dans ses réflexions. Il semblait avoir vieilli de plusieurs années depuis la veille. Bertrand, pour calmer un remords qu'il avait, dit en entrant :

— Je dois passer à vos yeux pour le dernier des *bourgeois*. Aucun maître, et je les ai tous entendus, ne m'a donné le régal que vous m'avez donné ici, dans la soirée d'hier. Et je n'ai pas trouvé un mot

pour vous montrer ce que j'éprouvais ! Je
ne sais même pas votre nom ! Pendant une
heure, je ne vous ai parlé que de moi !

— Je compte bien que vous allez m'en
parler encore. Asseyez-vous là, et répondez-
moi comme vous répondriez à votre père.
Toutefois, s'il faut vous l'avouer, ce n'est
pas au marquis de Fontluce que je m'in-
téresse d'abord, mais à cette jeune fille
pauvre, privée de tout bonheur ici-bas,
bientôt, peut-être, seule au monde ou, du
moins, réduite à ne compter que sur vous.
C'est elle que je plains, car elle a fait, j'en
ai peur, un rêve impossible. Et je sais ce
que font souffrir des rêves semblables.
Pauvre enfant ! Comme je voudrais la sauver !

Alors cet étrange personnage fit subir à
son interlocuteur un véritable examen, le
pressant de mille questions sur son enfance
et son éducation, sur ses goûts, sur ses
sentiments, sur ses aventures de jeune
homme. Bertrand subjugué par une mysté-
rieuse influence, répondait en effet comme

si cet inconnu avait le droit de ne rien ignorer de sa vie. Quand il s'oubliait, parfois, à parler de sa mère avec un peu d'amertume, le vieillard l'arrêtait d'un geste plein d'autorité.

Après qu'il eut appris tout ce qu'il voulait savoir, l'Italien garda le silence pendant quelques minutes, fixant ses yeux noirs sur les tisons ; puis il dit à Fontluce, qui l'écoutait avec un mélange d'espérance et d'étonnement :

— *Il faut* que vous épousiez cette jeune fille, car je sens qu'elle est digne de vous et je vois que vous êtes digne d'elle. Peut-être aurai-je la joie de vous la donner ou, plutôt, ce ne sera pas moi, mais celui-ci qui fera le miracle.

Il posait la main sur l'étui noir du violon.

— Ne cherchez pas à comprendre, continua-t-il. Obéissez-moi sans discuter. Dimanche prochain, quelques pauvres musiciens comme moi donneront dans cette ville un concert pour les pauvres. Arrangez-vous pour que madame la marquise de Fontluce

nous fasse l'honneur d'y assister. Le reste
me regarde.

— Ma mère ne sort pas volontiers, objecta
le jeune homme.

— Par le ciel! je vous jure que je ne
ferai pas *volontiers* ce que j'ai résolu de
faire. Il faut, — entendez-vous bien? — il
faut qu'elle vienne. Encore une recom-
mandation très importante. Faites en sorte
que la marquise ignore le nom des exécu-
tants. Et maintenant, ne me demandez
plus rien sur tout cela, ni aujourd'hui, ni
jusqu'au dernier des jours de votre vie.
Nous nous reverrons seulement après
dimanche. Adieu! Si j'échoue, il y aura,
dans ma vie, un chagrin de plus.

Lorsque Bertrand quitta la petite maison
il était à peu près aussi calme que Faust
à l'issue de son premier entretien avec le
Diable, sauf qu'il n'avait signé aucun parchemin compromettant. Il n'emportait, à
vrai dire, que des promesses; nul prodige
infernal ne s'était accompli. On ne lui avait
pas rendu la jeunesse, et pour cause; il

19.

n'avait pas eu la joie fugitive d'apercevoir,
dans une vision, Marguerite à son rouet.
Mais, néanmoins, son nouvel ami lui inspirait tant de confiance qu'il se sentait plus
d'espoir au cœur qu'il n'en avait jamais
connu.

En somme, la seule tâche du jeune marquis, pendant cinq jours, était d'abord de
ne pas mourir d'impatience, si faire se
pouvait, puis d'obtenir que sa mère se
rendît à la soirée musicale. De ces deux
difficultés, la seconde ne fut pas à beaucoup
près la plus malaisée à vaincre. Madame de
Fontluce était si contente de voir son fils
intéressé à quelque chose qui ne fût pas
Suzanne (elle le croyait), qu'on eût obtenu
d'elle des sacrifices plus durs encore. Elle
demanda seulement qu'on lui permît d'arriver au concert un peu tard et de le
quitter un peu tôt, pour ménager sa
fatigue.

Elle était, cela va de soi, résignée
d'avance à toutes les amertumes d'un programme d'amateurs et, de fait, les premiers

morceaux qu'elle entendit cadraient digne-
ment avec la salle de mairie aux peintures
aveuglantes, et avec les toilettes non moins
criardes des beautés du lieu. Enfin le violoniste parut sur l'estrade, et les spectateurs
du premier rang purent constater qu'il
tremblait comme une feuille, ce qui les
rendit fort étonnés. Ils l'eussent été bien
plus encore s'ils avaient connu la cause de
cette émotion. Deux minutes plus tôt, Bertrand était venu lui serrer la main, et, tout
bas, il avait dit ces trois mots :

— Nous sommes là.

Le vieux musicien tenait un cahier qu'il
remit à l'accompagnateur en lui chuchotant
à l'oreille quelques instructions. Puis, tandis que le piano préludait, il s'avança vers
la rampe fumeuse, brandissant son archet
comme une épée, fouillant l'auditoire du
regard. Soudain ses yeux rencontrèrent un
visage qu'ils ne quittèrent plus. Son tour
de jouer arrivait. Aux premières mesures,
Bertrand ouvrit la bouche de surprise et
porta les mains à son front. Cette mélodie

passionnée et soupirante qui frappait ses oreilles n'avait rien de nouveau pour lui. Quelques mois plus tôt, dans la petite maison des Brettes, lui-même avait chanté, accompagné par Suzanne : *Si je vous le disais!*

Alors, comprenant tout, il eut peur d'avoir été un mauvais fils sans le savoir. Il n'osait regarder sa mère assise à côté de lui; mais il l'entendait soupirer et se plaindre tout bas, comme sous l'étreinte d'une douleur cachée. Et, réellement, certaines notes arrivaient au cœur avec une acuité douloureuse, même pour un auditeur désintéressé. Perantoni a répété souvent qu'il n'a jamais joué du violon mieux que ce soir-là. Il pourrait ajouter que nul maître n'en jouera mieux. Et ce génie va s'éteindre sans avoir été connu!...

Quand il eut terminé, les applaudissements éclatèrent avec une furie toute italienne. On rappela le virtuose à grands cris; mais le public fut informé que ce personnage, d'une invraisemblable modestie, avait déjà repris le chemin de sa demeure.

Au même instant, un tumulte d'un autre genre s'éleva du fond de la salle. Grand émoi dans l'assistance : l'incendie du théâtre de Nice venait d'avoir lieu. Déjà commençait une panique terrible. Un magistrat municipal cria, pour rassurer la foule :

— Ce n'est rien! C'est une dame française qui se trouve mal.

Et la fête de famille continua.

Quand madame de Fontluce, transportée chez elle, ouvrit les yeux, ce qu'elle fit bientôt, elle vit son fils à genoux près de son lit, fou d'inquiétude. Par un geste, elle renvoya tout le monde, puis elle dit à Bertrand, d'une voix encore faible :

— Pourquoi ne m'avez-vous pas prévenue que nous allions entendre Perantoni?

Le jeune homme lui répondit en baisant ses mains :

— Sur la sainteté du respect que j'ai pour vous, ma mère, je jure que j'ignorais qui était cet homme. Je ne connaissais qu'une chose de lui : son talent prodigieux. Dans une de nos entrevues, il m'a dit, je l'avoue, qu'il s'appelait Perantoni. Mais ce nom n'avait rien rappelé à mon souvenir.

— C'est bien, fit la marquise, touchée de l'angoisse poignante de son fils. Ne t'inquiéte pas; je me sens mieux. Laisse-moi me reposer; demain je n'y penserai plus.

Mais, le lendemain, Marie Labrousse, devenue marquise de Fontluce, y pensait encore. Dans l'après-midi, ayant obligé son fils à acccmplir sa promenade quotidienne, elle commanda une voiture et se fit conduire chez Perantoni, dont le cocher, citoyen de Bordighera, connaissait l'adresse depuis qu'il était au monde. Une servante septuagénaire l'introduisit auprès du vieillard. Une fois encore, le maître et l'élève se trouvaient en présence, après un tiers de siècle de souffrance pour l'un, d'oubli pour l'autre.

XII

Perantoni se leva, non sans effort, du fauteuil où il méditait. Sa longue taille courbée montrait la fatigue de plusieurs nuits sans repos. S'appuyant d'une main aux meubles, il fit quelques pas au-devant de la visiteuse et s'inclina tant qu'il put. Toutefois on sentait une ironie mal contenue dans ses paroles quand il dit :

— Voilà un honneur inespéré pour un pauvre coureur de cachet de mon espèce. Madame la marquise daignera-t-elle s'asseoir sous mon humble toit ?

Madame de Fontluce prit, sans répondre,
le siège offert, et, pendant une minute,
elle considéra le vieillard respectueusement
debout devant elle. Puis ses yeux firent le
tour de la pièce très pauvre, d'une éclatante propreté.

— De grâce, murmura-t-elle, asseyez-vous.

Il prit un tabouret de bois, son mobilier ne renfermant qu'un seul fauteuil, et,
le front caché dans sa main droite, il
attendit que la grande dame lui parlât.
Elle fit cette question, d'une voix qui ne
ressemblait guère à celle que lui connaissait le monde :

— Depuis quand êtes-vous ici?

— Depuis qu'un mot, terrible dans sa
vérité, m'a fait voir ma folie. Ce mot,
c'est vous qui l'avez prononcé. Vous m'avez
dit un jour : « Il faut disparaître de ma
vie. » N'ai-je pas bien obéi? J'ai disparu
du monde vivant tout entier. Vous pensiez
que j'étais mort, avouez-le! Et vous pensiez
peut-être : « Cela vaut mieux pour lui! «

— Oh! non, gémit-elle. Comment aurais-je pu croire que... que c'était si sérieux!

Perantoni se leva et se mit à marcher dans la pièce comme si, tout à coup, il eût retrouvé ses jambes.

— Pardieu! s'écria-t-il, je sais bien que vous ne l'avez pas cru. L'amour, pour vous et vos pareilles, n'est qu'un art d'agrément, comme la musique. Ce qui est sérieux, c'est l'argent, c'est la situation mondaine, c'est la réputation. Tout cela, je l'ai perdu à cause de vous, et pour garder tout cela, vous m'avez chassé d'un signe. Voilà, entre nous deux, la différence. Mais du pauvre petit professeur ou de la riche demoiselle, qui vous paraît le plus digne d'être estimé?

— Pardonnez-moi, soupira la marquise. Mais que pouvais-je faire? Qu'attendiez vous?

Il s'arrêta devant elle et répéta, en l'enveloppant d'un de ces regards qui voient en arrière:

— Ce que j'attendais, moi! Je vous respectais comme une reine et j'avais dans le

cœur toute la poésie de mes vingt-cinq ans,
toute la flamme du soleil de mon pays,
toute la sublime ignorance du pauvre men-
diant que j'étais. Vous me demandez ce
que j'attendais ? Rien de plus que le bonheur de vous voir presque chaque jour, de
rencontrer, plus souvent qu'il n'aurait fallu,
vos yeux interrogeant les miens de leur
défi superbe. Il me semblait que ma vie
entière allait se passer ainsi, et je fus sans
doute, alors, le plus heureux des hommes.
Devant vous, il fallait que ma bouche restât
fermée, et ne le fut-elle pas toujours ? Mais
par la voix de l'art, je pouvais vous dire
mon secret je le criais de toutes mes
forces. Dites que vous ne me compreniez
pas ! Dites que vous n'avez point encouragé
ma folie, — sans prononcer une parole !
C'était pittoresque, ce roman, et si peu
dangereux !

Madame de Fontluce répondit, toujours
avec la même voix humble :

— Vous parliez de votre âge, tout à
l'heure : moi, j'avais dix-huit ans. Ma mère

n'était plus là ; mon père s'occupait de moi surtout pour me gâter. Et j'étais lancée déjà dans un monde où les exemples que j'avais sous les yeux n'étaient pas ceux de la prudence. Voyons ; répondez à votre tour ; étais-je la seule à vous traiter... autrement qu'un professeur ordinaire?

— Je ne me souviens plus des autres: que m'importait leur coquetterie? Elles n'étaient rien pour moi, que des élèves plus ou moins zélées. Mais, dans vos seules mains, il me semblait voir la couronne de l'art. Dans les autres salons, j'allais pour gagner ma vie. Chez votre père, je cherchais ma récompense dans le regard humide de vos yeux, dans le frisson de vos épaules effleurées par la caresse divine du Génie. Alors, comme si ce n'était pas assez, il vous a pris fantaisie de me traiter en ami. Ah! cette amitié! que Dieu vous la pardonne! Sont-ils encore debout, ces grands arbres de la villa de Meudon qui virent passer bien souvent votre beauté et ma folie, lorsque, la leçon terminée, vous

m'accompagniez à la grille? Reconnaissez-
vous cet étui odieux que j'ai maudit, alors,
plus d'une fois? Sans lui, aurais-je eu la
force de me taire toujours? Mais un homme
ne peut pas faire certains aveux, la main
gauche sur son cœur, quand il tient une
boîte à violon de la droite. Et vous, créature impitoyable, qui sait si vous n'aviez
point deviné cela et résolu de tenter l'é-
preuve, quand vous m'avez dit, un jour :
« Laissez-moi porter le magique instrument
qui chante si bien de si belles choses? »

Madame de Fontluce ne répondit pas,
mais sa main restée belle toucha la poignée
de cuivre.

— Je reconnais l'étui, dit-elle, à demi
souriante, et, hier soir, j'ai reconnu le
génie de mon maître, dans cette mélodie
ciselée pour moi, que je ne croyais guère
entendre à cette heure, et dans ce lieu!

Le maître, qui avait repris sa promenade
fiévreuse, de nouveau s'arrêta et, les yeux
fixés sur l'horizon bleu de la mer, il dit:

— C'était aussi un soir, dans le salon de

votre père. Ensemble nous avions joué ; on nous avait applaudis ensemble. Un jeune homme se leva et déclama des vers :

Si je vous le disais, pourtant !...

Mes yeux vous le dirent, aussi longtemps qu'il parla ; dans les roses de votre bouquet vous aviez un sourire étrange. Quand la poésie fut achevée, un signe de votre paupière m'appela : « Je suis sûre, mon cher professeur, que vous feriez de fort belle musique là-dessus. » Cette nuit-là, ma tête n'a pas touché l'oreiller. Je ciselai le bijou comme vous dites... Cruels bijoux que les vôtres, en vérité !

— Maître, demanda la marquise d'une voix très douce, vous a-t-on dit qu'hier soir, en écoutant la mélodie, j'ai failli mourir ?

Il tourna la tête vers la marquise et répondit par cette autre question, qui trembla sur ses lèvres :

— Vous a-t-on dit qu'un homme est resté sous vos fenêtres jusqu'à l'heure tardive où tout s'est éteint ?...

— Vous avez fait cela ! s'écria-t-elle,
émue jusqu'aux larmes.

— Bon ! fit-il souriant, je l'ai fait plus
d'une fois quand nous étions plus jeunes.
Je peux vous le dire, maintenant.

— Ah ! Dieu, gémit-elle, accablée, quel
suicide vous avez commis, et pourquoi ?

— Parce qu'un jour, devant le pauvre
artiste dont vous étiez la lumière, votre seuil
s'est fermé. Sans doute une amie vous avait
prévenue que vous deveniez ridicule et qu'un
futur, parfois, s'effarouche d'amitiés semblables. Comme, en une minute, mes yeux
se sont ouverts ! Comme j'ai ri, la honte au
front, de mon grotesque personnage ! Le
rire n'a pas duré longtemps. J'ai voulu me
remettre au travail : à quoi bon ? Devenir
célèbre ? Et puis après ? Seriez-vous rede-
venue ce que vous étiez pour moi ? Déjà,
quand j'entrais dans un salon, — où j'a-
vais l'assurance de ne pas vous trouver, —
je surprenais des mines froides chez les
mères, des regards moqueurs chez les filles.
Il aurait fallu engager la lutte, conquérir

une place parmi les maîtres fameux, ramener à mes pieds cette foule si prompte à se
dresser des idoles. Quelque chose me disait
que je l'aurais pu : le courage m'a manqué. Toute mon énergie s'est concentrée
dans un désir : me cacher pour toujours
dans cette maison où je suis né, comme
une bête blessée qui vient mourir au gîte.
Je meurs depuis trente ans. Mes compatriotes me plaignent avec un peu de raille-
rie pour mes ambitions trompées. Mais que
m'importe ? Je vis parmi eux presque sans
les connaître.

— Pardonnez-moi, répéta la marquise ;
voilà ma vieillesse troublée pour toujours.
Si j'avais su !

— Qu'auriez-vous fait ? Que feriez-vous si
c'était à recommencer ? La même chose. Le
monde est toujours le monde, et vous êtes
toujours la mondaine sacrifiant tout pour
lui, foulant aux pieds, pour parvenir à votre
but, le cœur des autres, même des cœurs
plus dignes de pitié que celui d'un pauvre
professeur de musique sorti l'on ne sait d'où.

Madame de Fontluce bondit dans son fauteuil, les sourcils froncés, avec un reste de la hauteur impérieuse d'autrefois. Elle demanda, les yeux fixés sur Perantoni :

— Que voulez-vous dire?

— Que vous assistez, impassible, depuis six mois, au martyre de deux êtres. L'un est votre fils. L'autre est une enfant à qui vous seriez fière de tendre les bras si elle était riche. Ils s'aiment... comme j'ai aimé quelqu'un ; et vous attendez, espérant que le marquis de Fontluce commettra une mauvaise action, qu'il y aura ici-bas une oubliée de plus. Voilà ce que je veux dire.

— Et voilà votre vengeance! vous vous êtes allié à mon fils contre sa mère en lui révélant les secrets du passé!...

— Non, car je suis resté le petit joueur de violon qui serait mort, et qui est mort en effet, plutôt que de vous déplaire. Votre fils m'a confié sa peine sans me connaître ; je ne lui ai pas dit que je vous connaissais. Allez! je garderai mon humble rôle jusqu'à la fin, désormais bien proche. Et ce

sera très doux d'achever de vivre et d'expi-
rer entre ces murs qui vous ont vue. Misé-
ricorde de Dieu! Penser que c'est vous qui
êtes assise dans ce pauvre fauteuil, vous,
vous!...

Il s'arrêta, ne pouvant plus parler; mais
ses yeux noirs, toujours très jeunes, se
remplissaient hâtivement de l'image qu'ils
allaient garder jusqu'au jour où quelque
main charitable rabaisserait sur eux les paupières froides.

— Ce n'est plus moi, mon pauvre Perantoni, dit madame de Fontluce en secouant
la tête. Ne me regardez pas ainsi, car vous
me feriez regretter la jeunesse. Comme vous
êtes jeune encore, vous, et comme je suis
vieille! Cependant j'ai vécu tranquille, sans
chagrin, sans privations, tandis que votre
existence n'a été qu'une longue amertume...

— Et un long amour : c'est le secret de
ma jeunesse. Vous, je le devine rien qu'à
vous voir, vous n'avez jamais aimé. Ah! je
vous plains! Vous quitterez ce monde sans
connaître le prix de la vie, sans connaître,

20

même, une heure comme celle-ci. Pour la fortune que j'aurais pu avoir, je ne la donnerais pas.

— Hélas! pour vous rendre ce que vous avez perdu à cause de moi, Dieu sait ce que je donnerais! Le croyez-vous?

— Non, fit Perantoni avec un sourire triste. Car, d'un mot, vous pouvez me dédommager de tout dans la personne d'une autre, et, ce mot, vous ne voulez pas le dire. Oui, l'amour heureux, l'avenir assuré, l'honneur d'un nom enviable, tout cela vous pourriez le donner d'un mot à une douce créature qui en est digne. Et votre fils vous remercierait à genoux de vous être laissée fléchir. Et moi je vous dirais : Nous sommes quittes!...

La marquise resta silencieuse, les mains croisées sur ses genoux, les yeux fixés devant elle avec une expression d'angoisse qui trahissait la suprême lutte. Elle répondit enfin :

— Vous ne connaissez pas cette jeune fille.

— Non, mais je connais Bertrand de

Fontluce. Il sera dans son genre un autre
Perantoni. Ne trouvez-vous pas qu'un seul
peut suffire?

— Et s'il s'est trompé? S'il a mal placé
son.... son enthousiasme?

— Alors, nous serons deux à l'empêcher
de faire une folie. Je vous le jure... vous
savez sur quoi! Mais vous n'avez rien examiné. Elle était pauvre : qu'importaient
toutes les vertus du monde? Ah! vous ne
soupçonnez pas combien votre fils est malheureux, ni ce que va durer son malheur!
Ne l'avez-vous donc jamais vu pleurer?

— Non, dit-elle assez durement, il ne
m'aime pas assez pour me laisser voir ses
larmes.

— N'aimeriez-vous pas mieux voir sa joie?

Madame de Fontluce quitta son fauteuil :
le retour vers le passé l'avait vaincue.

— Écoutez, dit-elle. Demain, nous nous
mettrons en route pour regagner la France.
Je m'informerai. Si mademoiselle de Frézolles mérite d'être ma fille, elle le sera, je
vous l'affirme.

— Pauvre enfant ! Vous l'appelez votre fille et, dans vos yeux, je vois qu'elle sera toujours votre ennemie. Ah ! cœur sans tendresse !

— Mon cœur ignorait la tendresse, oui ; mais il vient de l'apprendre en une seule leçon.

Par un élan inattendu, avec une résurrection soudaine de grâce très jeune, elle tendit au vieillard des violettes qu'une mendiante avait lancées dans sa voiture. Puis avec le même geste qu'elle avait autrefois quand son professeur s'éloignait, l'heure finie :

— Prenez votre cachet, monsieur Perantoni. Je vais bien travailler jusqu'à la prochaine fois.

A ces mots elle se dirigea vers la porte sans que le maître du logis pût la reconduire, car il pleurait tout bas, le visage caché dans les violettes qu'elle avait touchées.

Ils ne se revirent que deux mois après, au château de Fontluce, où l'artiste était venu tout exprès pour toucher de l'orgue à une messe nuptiale.

Les mariés partirent vers le soir pour l'Italie. Du moins voilà ce que crurent les invités et ce que racontèrent les journaux. Suzanne, avant de monter en voiture, fut étouffée de baisers par sa mère; cela va sans dire. La marquise ne l'embrassa qu'une fois, mais ce baiser valait de l'or en barre, et Perantoni, qui surveillait tout, fit un signe à son ancien élève comme pour ne lui dire :

— C'est bien. Je suis content de vous.

Bertrand, l'affreux hypocrite, répétait depuis une demi-heure :

— Nous allons manquer le train!

— J'espère bien, dit le vieil artiste, que vous ferez une station à Bordighera où je serai la semaine prochaine.

— Parbleu! s'écria le jeune marié.

En même temps il entraîna son fidèle ami à l'écart et lui dit tout bas :

— L'Italie où nous allons est une petite chaumière cachée dans les bois à deux lieues d'ici, et qui se nomme les Brettes. Mais c'est un secret, connu de vous seul. Dans deux ou trois jours, vous recevrez un émissaire chargé de vous y conduire. Jusque-là, restez à Fontluce. Et par-dessus tout, ne nous trahissez pas.

— Ah! les heureux!... soupira Perantoni, les yeux fixés sur la voiture qui s'éloignait.

Il s'écoula plus d'une semaine avant qu'il fût mandé aux Brettes, en grand mystère; mais il ne parut pas froissé de ce retard, qu'il avait prévu sans doute. Il alla vers ceux qui l'appelaient. Une fois avant de mourir, ce grand cœur connut — chez les autres — l'amour triomphant et couronné.

Le lendemain il retournait à son ermitage et à ses souvenirs désormais embellis par un rayon. Tel on voit un long jour de pluie s'achever dans la gloire tardive, inespérée, d'un occident radieux.

FIN

TABLE

IMPRIMERIE CHAIX, 20, RUE BERGÈRE, PARIS. — 6168-4-90.